작가,
  그 세계에 도전한다

작가, 그 세계에 도전한다

지은이 · 보디 토엔 · 브록 토엔
옮긴이 · 박희숙
초판1쇄 찍은날 · 2000년 1월 30일
초판1쇄 펴낸날 · 2000년 2월 10일
펴낸이 · 김승태
편집장 · 이연희
편집, 교정 · 강진희, 임종원, 조현철
표지디자인 · 김주연
영업 · 김석주
등록번호 · 제2-1349호(1992.3.31.)
주소 · 110-616 서울 광화문우체국 사서함 1661
        T. (02)2264-7211 F.(02)2264-7214
        E-mail: jeyoung@chollian.net
ISBN 89-8350-629-6   13800

값 6,500원

■ 잘못 만들어진 책은 언제든지 교환해 드립니다.

글 더 잘 쓰기 총서 ③

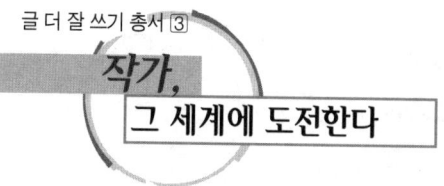

작가,
그 세계에 도전한다

보디 토엔 · 브록 토엔 지음 □ 박희숙 옮김

예영커뮤니케이션

글을 시작하며
Beginnings

한 아이의 인생 행로가 과연 초등학교 3학년 때 결정될 수 있을까? 작가로서 성공하기까지 경험했던 모든 일들을 돌이켜볼 때, 5월의 그 날 아침만큼 중요한 때는 없었다. 그 날 엄마는 우리 모두를 데리고 이웃에 있는 감리교회의 주일학교에 가셨다.

유년 주일학교 어린이들이 모이는 방에는 3학년에서 6학년까지의 어린이들로 꽉 차 있었다. 나는 작은 의자에 앉아 있었는데 내 앞에는 얼굴이 험상궂고 키가 크며 빈폴을 입은 어신생님이 찬양을 가르치고 계셨다. 나는 글 읽는 것이 서툴렀기 때문에 찬양집에 있는 가사를 제대로 읽을 수 없었지만, 작은 입을 움직여 열심히 멜로디를 읊조리고 있었다.

그 때 선생님은 내 입술이 잘못 더빙된 일본 영화처럼 움직이고 있음을 눈치채신 것 같았다. 화가 난 선생님은 나를 앞으로 나오게 한 후, 큰 소리로 가사를 읽으라고 명령하셨다. 내가 가사를 제대로 읽지 못하자 선생님은 다른 아이들 앞에서 나를 놀리셨고, 나는 눈물을 흘리며 그 방을 뛰쳐나왔다.

복도를 달려 지하로 통하는 층계를 내려올 때 피아노 소리와 노랫소리가 들려 왔다. 그 곳에서 엄마가 나를 데리러 올 때까지 한 시간을 기다렸다. 그리고 아이들이 찬양을 배우고 있는 그 방으로 다시는 돌아가지 않을 것이라고 맹세했다. 어떤 일이 있어도!

지하는 어두웠지만 기분 좋을 정도로 시원했다. 콘크리트 벽을 따라 접힌 의자들이 깔끔하게 정돈되어 쌓여 있었고, 구석에는 친교실에 남아 있던 강대상이 방수천으로 덮여 있었다. 방수천 아래에는 작은 나무 십자가가 삐죽이 나와 있었다. 많은 세월이 지난 지금에서야 그 의미를 이해할 수 있었지만, 몇 가지 이유에서 나는 그것이 하나님의 사랑을 눈으로 볼 수 있게 나타난 표시라고 믿게 되었다. 어쨌든 하나님께 죄송하다고 말해야만 될 것 같았다. 내가 주일학교에서 노래 부르는 다른 아이들과 어울릴 정도의 수준도 되지 못하다니!

방수천으로 가려진 강대상 앞에 무릎을 꿇었을 때 저 멀리 행복한 목소리가 들려 오는 것을 느꼈다. 신자가 된다는 것은 교회에 출석하는 그 이상임을 우리 가족들은 그 때까지는 전혀 이해하지 못했었다. 주님을 알고 그분의 용서를 받아들이는 것이 새로운 삶의 열쇠임을 우리는 전혀 깨닫지 못했다. 그러나 때때로 엄마는 자녀들을 교회에 데리고 가셨고, 우리는 하나님을 경외하고 옳은 일을 해야 한다는 것을 알고 있었다. 나는 하나님이 존재하신다는 사실을 분명히 알고 있었지만, 그분의 이름을 헛되이 부르는 것(그것이 무엇을 의미하든지 간에)이 너무나 두려워 그분의 이름을 함부로 입에 담을 수가 없었다.

나는 그분 앞에 무릎을 꿇었다. "당신은 저 위에 계시는군요." 마치 내가 거룩한 임재 가운데로 나아간 것처럼 느끼면서 그렇게 속삭였다. "전 보디입니다. 엄마는 제가 주일학교에 다녀야 한다고 하셨지만 전도망쳤어요. 잘못했습니다. 전 노래 가사를 잘 읽을 수 없었어요. 그래서 화이트 선생님은 저를 놀리셨어요. 내가 노래 가사를 잘 읽을 수 있을 때까지는 정말로 그 곳으로 돌아가고 싶지 않아요." 난 오랫동안 가만히 있었다. 하나님이 이것에 대해 생각하실 시간을 드리고 싶었다. 내 생각에 그분은 확실히 날 이해하셨다. "어떻게 해서라도 다른 아이들처럼 저도 글을 잘 읽고 싶어요. 진심입니다. 만약 하나님께서 제가 잘 읽을 수 있도록 도와 주신다면, 하나님께서 원하시는 일은 뭐든 다 하겠어요. 화이트 선생님이 계신 방으로 돌아갈 수도 있어요. 제가 큰 소리로 찬양집에 있는 가사를 읽을 수만 있다면요. 하나님께서 원하신다면 제가 주님을 위해 멋진 글을 쓸 수도 있을 거예요. 그리고 그것을 큰 소리로 낭독할 수도 있고요."

그것은 내가 하나님과 맺은 계약이었다. 그 후 오랫동안, 아주 오랜 세월 동안 그 거래를 까마득히 잊고 있었다. 그러나 그날 아침 수치감에 지하실로 숨어 버린 이 소녀의 목소리를 그분은 들으셨다. 그분은 내 마음의 소원을 들으셨던 것이다. 그리고 성 마가(St. Marks) 교회의 어두운 지하실에서부터 내게 응답하기 시작하셨다.

목차
Contents

작가가 되고 싶다고?

1장 So You Wanna Be a Writer?

단 마음으로 섬기기를 주께 하듯 하고 사람들에게 하듯 하지 말라.

에베소서 6:7

어떤 것도 우연히 만들어지지 않는다. 당신이 글을 쓸 수 있는 최선의 길은 스스로 최고가 되는 것이다.

소로우(Thoreau)

펜은 무서운 무기이다. 그 펜으로 아주 쉽게 많은 것을 죽일 수 있으며, 심지어 다른 사람들을 죽일 수도 있다.

조지 데니슨 프렌티스(George Dennison Prentice)

"그래, 작가가 되고 싶다고?"

에디 그리피스(Eddie Griffith) 씨는 내가 성가신 존재라도 되는 것처럼 담배를 씹으면서 쳐다보았다.

"현재 전 작가입니다."

나는 16살이라는 나이보다 더 어른스럽게 보이도록 애쓰며 용감하게 말했다.

"《캘리포니안》(Californian)지에 글을 쓰고 싶습니다."

지역 신문사의 사납고 무서운 편집장이 나의 말에 살며시 미소를 짓는 듯했다.

"그래서? 글쎄, 지금 몇 살이니, 얘야?"

나는 자신감을 은연중에 드러내기 위해 어깨를 반듯이 펴고 턱을 치켜올렸다. 아니 그러길 바랐다.

"이 지역에 사는 아이들이 읽고 싶어하는 그런 기사를 쓸 정도의 나이는 되었습니다. 그리고 그들이 싫어하는 기사로 그들을 쫓아 버릴 정도의 나이도 아닙니다. 전 열여섯 살입니다. 선생님은 연세가 어떻게 되시죠?"

내 질문에 그리피스 씨의 눈이 휘둥그래졌다. 그는 잠시 머뭇거린 후 말했다. "사실대로 말하면 다른 사람한테 말하지 않겠다고 약속해 줄 수 있니?" 이제 그는 진지하게 미소지으며 쳐다보고 있었다. "그래, 네가 생각하고 있는 것이 대체 뭐니? 얘야." 그는 물었다. "이제 네가 생각하고 있는 것을 어디 좀 말해 보렴."

그는 15분 동안 줄곧 인내심을 가지고 내 말을 들어 주었다. 나는 학생 생활면의 편집자로서 신문사를 위해 열심히 일하겠다는 원대한 계획을 설명했다. 지역 고등학교에서 기사를 모아 주간으로 만들 수 있으며, 가장 좋은 소식만을 하나씩 찾아낼 수도 있다고 말했다. 인터뷰와

스포츠 이벤트, 여론 수집 등 10대들의 의견은 독자들의 흥미를 끌 뿐
만 아니라 지역 사회의 긍지를 키워 줄 수 있을 것이다. 또한 젊은이들
을 상대로 하는 상점들로부터 광고를 신도록 할 수도 있다고 말했다.

내가 일장의 연설을 끝냈을 때, 그리피스 씨는 근처 책상에 있는 남
자를 향해 손가락 하나를 구부렸다. 이쯤되자 조바심으로 긴장된 손에
서 땀이 나고 있었다. 이 남자는 그 사무실에서 대단한 사람이거나 그
리피스 씨에게 충고를 해 줄 수 있는 사람인 것 같았다.

그리피스 씨는 담배로 나를 가리켰다.

"얘가 작가라고 하는구먼."

그는 큰 소리로 말했다.

"그것을 증명하도록 기회를 주게. 버그. 능력에 따라 원고료를 책정
해서 봉급을 주게. 1인치당 50센트야. 너의 섹션에다 일주일에 칼럼을
한 편씩 실험적으로 한 번 쓰도록 해 봐. 알아들었나, 꼬마 아가씨? 한
달 안에 네가 작가임을 증명해 봐."

나는 당장이라도 구두굽을 치며 팔짝 뛰고 싶었지만 높은 굽을 벌써
세 번째 갈았기 때문에 그냥 참기로 했다.

"에디, 제발!"

버그는 간청하듯이 말했다.

"왜 이러시는 거예요? 당신은 내가 이곳에서 유치원을 경영하고 있
다고 생각하세요, 에디? 제발, 부탁이에요!"

수년 동안 내 생애 중 최고의 순간들을 회고해 볼 때마다 버그가 그
러한 일을 맡겨서는 안 된다고 간청하는 그 순간에 보여 주었던 에디
그리피스 씨의 불길한 웃음소리가 아직도 내 귀에 들린다. 지금 생각해
보면 두 가지 면에서 에디의 마음에 들었던 것 같다. 하나는 내가 그를
괴롭히지 않았다는 점과 다른 하나는 그의 동료에게 아주 심한 좌절감

을 갖게 했다는 점이다. (몇 년이 지난 후에야 버그의 얼굴에 드리워진 고통스런 표정이 떠오르고 이해되었다. 그렇지만 당시에는 너무 어리고 감격한 나머지 내 멋진 운명에 어떤 일이 일어날 것인가에 대해 걱정하지 않았다.)

나는 허겁지겁 사무실을 빠져 나와 굽 높은 신발을 벗어 던지면서 보도 위를 달려 근처에 있는 공중전화로 엄마에게 전화했다.

"일을 얻었어요! 《캘리포니아》지에서요! 엄마, 전 이제 작가예요!"

내가 쓴 기사들을 모아 놓은 어딘가에는 첫번째 월급 명세서 복사본도 함께 있다. 그 첫째 주에 나는 24인치의 글을 썼고, 원고료는 12불이었다. 내 자신이 매우 부자가 된 것 같았다. 가끔씩 처음 쓴 기사를 다시 읽어 볼 때마다 그러한 공신력 있는 신문사 직원들이 내 글을 게재해 주었을 뿐만 아니라 충고도 해 주고 그들의 경험도 들려 주었으며, 더욱이 내게 원고료도 주었다는 사실에 당황스럽고 놀라워 얼굴을 붉히곤 한다.

이런 기적을 논리적으로 설명할 수는 없다. 다만 다음과 같은 사실만 제외한다면 합리성을 무시한 처사였다. 즉 저명하고 관록 있는 편집자들도 내가 지금 여러분에게 전하는 이야기와 비슷한 기억을 마음 속에 간직하고 있다는 점 말이다.

모든 사람은 반드시 어디에서든지 시작해야만 한다

이제 내가 질문하고 당신이 대답할 차례이다.

"그렇게 당신은 작가가 되고 싶은가?"

당신의 대답이 '아니오'라면 이 책을 덮어도 좋다. 이제부터 하는 이야기는 일급비밀이고, 출판의 신비를 풀어 준다고 보증할 수도 있다. 오직 소망을 가진 작가들만이 이 책을 읽을 만한 자격이 있다.

만약 당신의 대답이 '예'라면 두 번째 질문을 해 보겠다. 힘든 일과 감정이 상하는 고통, 실망 그리고 작가로서 겪게 되는 스트레스를 생각해 보라. 당신은 왜 작가가 되고 싶어하는가?

이 문제를 보다 깊게 생각하는 것이 좋겠다. 당신이 고통을 자처하면서 굴욕감을 즐기는 사디스트인지, 아니면 위대한 허상을 꿈꾸며 영광의 날을 추구하는 자인지, 혹은 단지 하나님께서 쓰여진 언어를 통해 다른 사람들과 의사 소통하는 욕구를 당신의 마음 속에 심어 주신 것인지.

혹은 실제로는 그렇지 않지만 작가가 대단한 사람이라고 스스로 생각하고 있을지도 모른다. 작가의 세계란 무엇인가를 심기에는 너무나 척박한 땅이며 심지어 추수하는 것은 더더욱 어려운 일이라는 것을 당신에게 말해 준 사람이 아무도 없었을지도 모른다. 만약 이런 경우라면 (실제로 가끔씩 이런 경우도 있지만) 어떤 누구도 당신이 이 책을 덮고서 다른 사람에게 넘겨 준다고 해서 당신을 욕하지 않을 것이다.

에디 그리피스 씨가 작가임을 증명해 보라고 내게 도전삼아 말하던 그 날 오후부터 내가 배운 것이 있다면 바로 이것이다. 글쓰기는 항상 어려우며 종종 실망을 안겨 준다는 것이다. 내 능력에 대한 의심과 질문은 수천 번씩 마음 속에서 떠돌아다녔다. 심지어 '금메달상'(Gold Medallion Awards)과 '올해의 우수 도서'(Book-of-the-Year) 명패를 받는다 하더라도 이러한 의구심을 누그러뜨릴 수 없다.

"농담하시는 거죠?"

당신은 말할 것이다.

"당신은 종종 불안감을 느끼시죠? 제가 느끼는 것을 당신도 느끼는 거죠? 당신을 바보라고 놀릴까봐 두려워하고 있는 거 아녜요? 혹시 당신은 뭔가 잘못된 일을 하고 있는 게 아닌가요?"

질문을 받았으니까 이제 내가 진실을 말해 주겠다.

"당신 말이 맞아요."

그러한 순간들이 나로 하여금 처음 마음으로 돌아가게 만든다. 에디 그리피스와 버그를 만난 그 오후로 돌아간다는 의미는 아니다. 내 말 뜻은 내 상태를 제대로 들여다보아야 했던 첫 마음으로 돌아가는 것이다. 즉 모든 작가들이 마음의 열정을 가지고서 시작했던 그 곳으로 말이다.

이제 다시 돌아가 당신에게 질문한다. "글쓰기가 그렇게 어려운 것이라면, 왜 그것을 하려고 하는가?"

당신의 동기는 무엇인가?

만약 당신이 신문 기사나 일기를 쓴다면 그 문체와 형식, 내용은 어떤 직무가 아니라 자신의 일이 된다. 글쓰기에 취미를 붙이려면 확실히 성실함이 있어야 하며, 철자나 필체에도 면밀히 신경을 써서 먼 훗날에도 쉽게 알아볼 수 있도록 해야 한다.

출판을 위한 글쓰기는 또 다른 문제가 된다. 당신이 글쓰기를 전업으로서가 아니라 부업으로 생각한다고 해도 글쓰기는 하나의 기술이며, 그것도 상당히 고된 작업임을 알아야 한다.

중요한 결정을 내릴 때(글쓰기 기술을 연구하고 세련되게 다듬으면서 연마하는 일은 중요한 결정이다) 자신의 삶에 예수님을 모시고 사는 사람들은 주님께서 언제든지 도와 주실 준비를 하고 계신다는 것을 알고 있다. 그러므로 먼저 하나님의 말씀을 보는 것이 가장 바람직하다.

동기 부여에 관한 영적인 원리들

에베소서 6장 7절에는 "단 마음으로 섬기기를 주께 하듯 하고 사람들에게 하듯 하지 말라"고 쓰여 있다. 이것은 기독교인들이 무슨 일을 하든지 간에 그들이 하는 일과 세상에 대해 증거하는 일이 서로 밀접하게 연결되어 있다는 사실을 말해 준다.

볼품없는 솜씨로 만들어진 상품을 보면 짜증스럽지 않은가? "다시는 그 물건을 사지 않을 거야" 혹은 "그 물건이나 서비스가 너무 평범하거나 수준 이하여서 그 회사에 대한 인상이 좋지 않아"라고 수없이 말하지 않았던가?

상품의 질이 제조 업체나 경영자의 인상을 좌우하는 것과 마찬가지로 조잡한 글쓰기를 통해서도 우리 고용주의 체면을 깎아내릴 수 있다(만약 당신의 고용주가 누구인지 확실히 모르겠다면 에베소서 6장 7절을 다시 읽도록 하라).

기독교인들은 자신의 것에 대해서는 만족할 만한 여유가 없다. 오랫동안 우리는 최고의 결과가 나오지 않더라도 관대함을 보여왔는데, 명분이 훌륭하기만 하다면 어떤 일을 할 때 엄정한 기준을 적용하지 않을 수도 있다는 생각으로 스스로를 위로하면서 말이다. 이러한 이유 때문에 우리가 전도하길 원하는 믿지 않는 사람들의 세상은 기독교와 다르다는 변명을 해왔다.

이러한 상황이 출판보다 더 심각한 곳은 없다. 인쇄를 통해 사람들은 정보를 얻고 도전받고 즐거워하고 고무받기도 하며, 심지어 충고를 듣고 주의를 기울이게 되며, 영감을 얻기도 한다. 수준높은 저술은 독자들의 마음을 사로잡으면서 전달 내용이 지적으로 감정적으로 또는 영적으로 건전하기 때문에 만족감을 얻도록 한다. 그러나 어설픈 글재주를 가진 작가는 주제를 너무 부주의하게 다루게 되며, 따라서 독자는 그 주제가 중요하지 않다는 인상을 받게 된다.

이것은 당신이 완벽하지 않으면 결코 작가가 되면 안 된다는 뜻일까? 다행스럽게도 대답은 '아니오' 이다. 만약 완벽한 사람만이 작가가 되어야 한다면 가장 높은 감성 지수(E.Q.)를 가진 소수의 사람만이 작가가 되어야 한다! 내가 여기에서 말하고자 하는 것은 완벽을 추구하려는 태도이다. 글의 형태로 쓰여진 언어를 통해 영광을 돌리도록 이끌어 주시는 하나님께서는 당신이 습작을 통해 문장을 세련되게 다듬을 수 있도록 도와 주실 것이다.

영적인 면에서 당신은 작가가 될 준비가 되었는가?

당신이 전적으로 글쓰는 일에 헌신하기로 결단했을 때, 당신이 고려해 봐야 할 다른 것은 무엇일까? 여기 사도 바울이 고린도 교회 성도들에게 한 말을 깊이 생각해 보자. 그는 고린도 교회 성도들에게 "너희는 우리로 말미암아 나타난 그리스도의 편지니 이는 먹으로 쓴 것이 아니요 오직 살아 계신 하나님의 영으로 한 것이며, 또 돌비에 쓴 것이 아니요 오직 육의 심비에 한 것이라"(고후 3:3)라고 말했다.

당신의 전체적인 삶은 그리스도 중심적이어야만 한다. 다른 어떤 것도 삶의 목적이 되어서는 안 된다. 십자가 이외의 어떤 가치들도 당신이라는 존재의 중심에 있어서는 안 된다. 그렇지 않으면 당신이 쓰는 글은 생명력을 잃게 된다. 좋은 수입과 다른 사람들로부터 인정받거나 인기를 얻고자 하는 욕망은 하나님 나라를 확장하기 위해 사용받는 일에 종속되어야 한다.

이것이 노력에 대한 대가를 전혀 기대해서는 안 된다는 의미일까? 그렇지 않다. "일꾼이 그 삯을 받는 것이 마땅하다"(딤전 5:18). 이것을 기억하라. 당신의 주된 동기는 섬김의 수단으로 글을 쓰려는 소망으로부터 시작되어야 한다. 이렇게 함으로써 마음판에 쓰여진 그리스도의 편지를 가장 확실하고 볼품 있는 상태로 전하게 된다.

실제적인 면에서 당신은 작가가 될 준비가 되었는가?

마음 중심에 하나님이 계시고 글쓰기 기술이 완전하게 되기까지 열심히 일하겠다고 정직하게 말할 수 있다면, 당신은 글쓰기를 시작할 준비가 된 것이다. 그러나 주의해야 할 한가지는 그 어떤 책도 하나님께서 당신으로 하여금 얼마나 많은 글쓰기를 시키시기 원하는지 말해 줄 수 없으며, 그 어떤 책도 당신을 위해 힘들고 실제적인 일을 대신해 줄 수 없다는 사실이다.

이 책은 당신의 글쓰기를 향상시킬 수 있는 실제적인 지침서이며, 출판의 '비밀'에 대한 입문서라고 할 수 있다. 이 책은 하나님께서 당신에게 용기를 주셔서 글쓰기 실력을 향상시켜 주시듯이 당신이 반드시 참고해야 할 기본서이다. 그리고 당신은 자신이 얻은 지식에 따라 행동해야 할 책임이 있다. 제시된 연습문제는 단순히 학구적인 필요를 채우기 위한 장치가 아니다. 오히려 출판으로 가기 위한 실제적인 단계가 될 것이다. 그러므로 연습문제들을 적극 활용하라! 도전 의식을 불어넣어 줄 것이다.

그러나 이 책은 단순한 교재가 아니라 그 이상이다. 이것은 우리와 같은 작가들 간에 개인적이고 실제적인 토의가 이루어지게 할 것이다.

출판을 위한 글쓰기는 중요한 일이다. 그것은 재미있지도 않고 적절한 보상이 주어지지도 않는다. 때때로 글쓰기가 둘 다를 줄 수도 있겠지만, 때로는 둘 중 어느 하나도 주지 못하기 때문이다!

2장 당신의 부르심을 발견하라
Commit Your Way...

우리 손의 행사를 우리에게 견고케 하소서 우리 손의 행사를 견고케 하소서.

시편 90:17

만약 한 권의 책이 마음에서 쓰여진 것이라면 계속해서 다른 사람들의 마음도 감동시킬 것이다. 모든 예술과 작가의 재능은 그 감동에 비하면 중요하지 않다.

토머스 칼라일(Thomas Carlyle)

잭(Jack)은 체구가 작은 중년 남자로 조금씩 머리가 빠지고 쓴웃음도 잘 짓는다. 사람들 사이에 말없이 앉아 다른 사람들을 살피기도 한다. 그는 비벌리 힐스에 있는 널찍한 목장에서 혼자 살고 있는 부자였다. 재능 있는 사람이었으며 성공한 시나리오 작가이기도 했다.

몇 년 동안 잭은 〈포연〉(Gunsmoke) 시리즈를 쓰는 전문작가였으며, 루이스 라모르(Louis L' Amour)의 소설 『색켓』(Sackett)을 톰 셀렉(Tom Selleck) 주연의 텔레비전 시리즈물로 각색하는 팀으로도 일하기도 했었다(이것은 셀렉이 〈탄약통〉(Magnum P. I.)에서 대성공을 거두기 훨씬 전이었다).

나는 ABC 방송국의 미니시리즈 사업에서 잭과 또 다른 작가와 함께 일했었다. 이 일은 엄청난 제작물을 만드는 사업으로 실무진들이 다른 모든 일을 제쳐 놓고 달려들었다. 한 위대한 인물의 생애를 극적으로 묘사하기 위해 수백만 달러가 소요되었기 때문에 모든 사람들은 이 미니시리즈가 〈뿌리〉(Roots)를 능가하리라고 생각했다.

작가팀의 일원으로서 나는 '이야기(Story)'가 구성되도록 역사와 사실, 전설과 아이디어들을 제공하는 역할을 했다. 나는 그 일에 홀딱 빠져 있었다.

우리 집은 윌셔가(Wilshire Boulevard)에 있는 스튜디오 사무실에서 차로 두 시간 정도의 거리에 있었는데, 일찍 일어나서 아침 출근 시간에 고속도로를 달려서 경우 그 정도의 시간이 걸렸다. 보통 새벽 4시에 일어나서 다섯 시면 집을 나와 정확히 7시에는 사무실에 도착하게 된다. 수많은 책과 날짜가 지난 신문 기사와 인터뷰 대본들에 둘러싸인 채, 다른 동료들이 나보다 두 시간 뒤에 출근할 때 쯤이면 나는 잠시 모닝커피를 마시곤 했다. 내 사무실은 '전쟁터'란 별명을 갖고 있었다.

잭은 날마다 장시간의 전화통화를 하고, 패스트라미 샌드위치와 크림 소다로 점심 식사를 때우고, 장시간 일에 파묻혀 살면서 훌륭한 자료들을 발굴했으며, 늘 자료들이 그의 책상에 수북이 쌓이곤 했다. 다른 작가들이 지금까지 토의해 왔던 수많은 장면들을 노예처럼 뼈빠지게 구성하는 동안, 잭은 조용하지만 진지하게 자신만의 고요에 잠겨 다른 일을 하고 있었다.

몇 달이 지났다. 마침내 그 이야기는 완성되었다!

잭은 스튜디오 책임자와 프로듀서들에게 내가 한 일을 칭찬했다. 심지어 그는 미니시리즈 사업이 끝난 후에도 함께 계속해서 일을 하자고 계약서를 내 앞에 내놓았다. 나도 일에 그토록 흠뻑 빠져 스스로에게 열정을 보인 적은 없었다.

원고 마감이 겨우 3주 정도 남았을 무렵 잭으로부터 전화가 걸려 왔다. "그 테이프들을 가져다 줄 수 있겠습니까? 스튜(Stu)한테 받은 것 말이예요. 그가 어떻게 말했는지 다시 듣고 싶군요."

나는 남편 브록(Brock)과 함께 잭의 집으로 갔다. 그의 스튜디오 문을 노크한 후 기다렸다. 응답이 없자 브록은 다시 한 번 노크를 했다. 마침내 잭이 문을 열고 나타났다. 그의 슬픈 눈은 우리에 대한 미소와 인사 이상의 것을 말하고 있었다. 피부는 파리하고 창백했다. 병색이 도는 것처럼 보였다. 그는 문 옆으로 비키면서 우리에게 들어오라고 했다.

우리가 들어갔던 방은 훌륭한 작가들의 사무실이 그러하리라고 생각했던 그대로였다. 어두운 색깔의 목재 패널. 마루부터 천장까지 쌓여 있는 책선반. 가죽으로 만든 안락의자. 벽에 걸린 상장들. 잭이 몇몇 유명한 영화 작가들과 함께 찍은 사진들. 어머니와 함께 찍은 잭의 모습. 동생과 찍은 사진.

그리고 저쪽엔 책상이 있었다. 호두나무를 잘 다듬어 만든 상당히 크고 인상적인 책상이었다. U자형으로 그렇게 작업 공간을 꾸며 놓았다. 커다란 IBM 타자기가 책상 가운데 있었고 그 옆에는 종이가 수북이 쌓여 있었다. 잘 깎여진 연필들은 컵에 작은 칼처럼 꽂혀 있었다. 그처럼 깔끔하게 정리된 책상을 본 적이 없었다. 모든 것이 각각 제자리에 있었고 언제든 글을 쓸 준비가 되어 있었다.

잭은 내가 책상을 세밀히 관찰하고 있는 것을 보면서 조용히 서 있었다. 묘한 미소가 그의 얼굴에 번졌다. 문득 이런 사실이 눈에 띄기 시작했다. 책상이 너무 깨끗했던 것이다. 그리고 타자기 옆의 종이는 빈 종이였다!

"일을 마무리하셨나요?"

어떤 대답이 나올지 조마조마한 마음으로 물었다.

"아직요."

그는 부드럽게 말했다.

잭은 전혀 글을 쓰지 않았던 것이다.

일과 탐색, 이야기에 대한 장시간의 토론을 했다. 그리고 구성하고 말하고 토의하고 재구성하는 일들로 몇 달 간의 시간이 지났다. 이런 일 하나하나가 무엇을 의미했던 것인가? 모든 훌륭한 자료들도 하나의 이야기로 엮어질 때 흥미진진한 내용이 되는 것이며, 오직 잭만이 그 일을 할 수 있었다. 그런데 잭은 단 한 줄도 쓰지 않았다.

몇 가지 이유 때문에 그는 자신감과 자제력을 잃었다. 끔찍하고 말로 할 수 없는 그 무엇이 이렇게 정돈된 책상과 빈 종이로 남겨 두도록 그를 저주하고 있었던 것이다. 내가 알고 있는 것을 그도 알았다. 하지만 누구도 그것에 대해 언급하지 않았다. 우리는 사소한 이야기만 했고 그는 점심을 먹고 가라고 했다. 나는 약속이 있다고 핑계를 대었다.

차를 몰고 돌아오면서 나는 "큰 곤경에 빠졌어요"라고 브룩에게 말했다. 몇 주가 지난 후 반 정도 완성된 원고가 제출되었고 연출자들에 의해 곧 거절된 후 브록과 나는 산장으로 갔는데, 10여일 간 눈이 오는 바람에 그곳에 갇혀 있었다. 나는 전화로 업무를 처리했다.

어느 금요일 밤, 잭과 전화로 대화를 나누었다. 그는 자신이 말했던 원고를 다시 쓰는 일이 어느 정도 진전되었다고 했다. 마침내 기운을 차렸고 그가 추진해 왔던 서너 개의 큰 원고 프로젝트를 함께 맡아서 하자고 내게 제안해 왔다.

잭은 훨씬 좋아 보였다. 이전에 보여 주었던 좋은 모습 이상으로 경쾌해 보였다. 그에게 꽤 오랫동안 함께 일하길 무척 기다려 왔다고 말했다. 전화를 끊었을 때 나는 기분이 좋았다. 우리는 고비를 넘겼다는 생각과 함께 잭의 책상이 내 것처럼 지저분해지길 바랐다.

그 다음 날 아침, 나는 우리 팀의 각본 편집자의 전화를 받았다. 그의 목소리는 긴장되어 있었고 내가 앉아 있는가를 물었다.

파도 같은 두려움이 내 몸에서 일어났다.

"무슨 일이죠?"

내가 물었다.

"보디, 잭이 어젯밤에 자살했어요."

잭이 왜 자살을 했는지에 대해서는 몇 가지 이유가 있었다. 하지만 남아 있는 우리에게는 별로 중요하지 않은 그런 이유들이 우리를 슬프고 화나게 했다. 잭의 자살은 나에게는 삶을 자세히 들여다보고 주위에 있는 사람들과의 관계를 다시 생각하도록 해 주었다.

그리스도를 향한 나의 믿음에 대해 잭과 한 번이라도 나누었던가?

하나님께서 우리에게 말씀하신 것들에 대해 잭에게 한 번이라도 말해 본 적이 있었던가?

내가 정말로 하나님의 사랑을 그에게 보여 주었던가?

이 모든 것에 대한 대답은 슬프게도 '아니다' 였다.

이것은 지금도 말하기 힘든 이야기이다. 그리고 이 이야기를 왜 당신에게 하는지에 대해서 이상하게 생각할 수도 있다. 이유는 모든 작가에게 이 이야기가 주는 교훈이 있기 때문이다. 잭은 동료들에 대한 인정, 돈, 일들, 미래의 계획 등 모든 작가가 상상할 수 있는 것들을 다 가졌다. 그러나 그의 인생은 공허했다. 자신이 하는 일에 대한 목적이 없었다. 마음 한 구석에서 자기 이름을 기억해 줄 어떤 누구도 없다는 것을 알고 있었다. 만약 누군가 우연히 〈포연〉의 재방송을 보고 제작진을 소개하는 크레디트에서 그의 이름을 보지 않는다면 말이다.

잭이 죽었을 때 갑자기 내 인생과 일이 공허하고 무의미하다는 사실을 깨달았다. 내 야망에 대한 모든 문은 열려 있었다. 친한 친구들인 제작자와 중개인과 연출진들과 계약을 맺고 있었다. 매일 아주 멋진 사람들이 식사를 하는 비벌리 월셔 호텔에서 점심 식사를 했다. 내 책상은 일과 원고로 쌓였다. 그러나 사실 영원의 시각으로 볼 때, 내 책상은 잭의 것처럼 비어 있었다.

그 때 이런 생각이 떠올랐다. "내 인생과 일이 다른 사람에게 끼친 영향력으로 인해 난 외로이 갇혀 지낼 수 있는 구멍을 파온 것이나 다름없어!'

나는 텔레비전 재방송 프로의 크레디트에 내 이름이 들어 있다는 것만으로 인생을 끝내고 싶지 않았다.

주위를 둘러보았을 때 어떤 빛이 마음 속에 찾아들었고 어린 시절 하나님과 했던 한 가지 약속이 기억났다. 그분은 약속을 지키셨지만 나는 무엇을 했던가? 지금 무슨 일을 하고 있는 거지?

지금 들은 이야기처럼 "우리는 언젠가 연수를 끝낸다"라고 시편 기자는 쓰고 있다.

"우리의 연수가 칠십이요 강건하면 팔십이라도 그 연수의 자랑은 수
고와 슬픔뿐이요 신속히 가니 우리가 날아가나이다… 우리에게 우
리 날 계수함을 가르치사 지혜의 마음을 얻게 하소서…우리의 손의
행사를 우리에게 견고케 하소서. 우리의 손의 행사를 견고케 하소
서"(시 90:10, 12, 17)

우리가 자신을 위해 세운 목표들이 그리스도를 중심으로 세워지지
않고, 이 땅에서 사는 칠십 년 세월을 뛰어넘지 않는다면 그 목표들이
얼마나 허망하겠는가! 그러나 우리의 마음이 하늘에 계신 왕을 사모하
면서 싸워 나갈 때 성취하게 되는 가장 작은 승리들은 정말로 멋진 일일
것이다.

나는 3년 이상 계속해서 영화사에서 일을 했다. 여전히 그 일이 좋았
었는데, 갑자기 그 일이 마치 성능 시험장처럼 보이기 시작했다.

"이번 주에 백 페이지를 끝낼 수 있죠? 금요일까지 맞추면 돼요. 너
무 지나치게 신경쓸 필요는 없어요. 단지 끝내 주기만 하세요." 이런
식의 상황이 발생했을 때 난 하나님께 도와 달라고 기도했다. 마감 시
간을 잘 지키면서 또한 최고의 결과를 만들 수 있게 해 달라고 말이다.
그리스도께서 부여하신 솜씨를 최대한 드러내기 위해서 할 수 있는 한
최고가 되게 해 달라고 기도했다.

종종 글을 쓸 때마다 구덩이를 파는 일이 더 나을지도 모른다는 생
각을 하지만, 더 이상 내가 하는 일에 있어서 혼자라고 느껴지지는 않
는다. 예수님이 바로 내 옆에 계시고 나와 함께 일하고 계시기 때문이
다. "이것이 최고의 방법이다. 이 방법대로 행하라."

하나님께서 당신의 마음에 글 쓰는 소망을 주셨는가? 정직하게 당신

의 동기와 해낼 수 있는 일의 수준을 분석해 보았는가? 이러한 질문에 대한 답이 "예"라고 한다면 반드시 글을 써야 한다.

그런데 당신은 "잠깐만요"라고 말한다. "전 당신처럼 작가가 되겠다고 하나님과 흥정한 적이 전혀 없습니다. 외국 여행을 가 본 적도 없고 유명 인사들과 친하지도 않을 뿐더러 어떤 일에 있어서 전문가라고 인정받은 적도 없습니다. 제가 어떻게 사람들이 읽고 싶어하는 글을 쓸 수 있을까요?"

당신이 하나님을 섬기고자 하는 소망으로 글을 쓰려고 할 때 사탄은 아주 교묘하게 그러한 소망을 방해한다는 사실에 명심하라. 당신이 출판을 위해 글을 쓰면서 하나님의 인도하심을 따르겠다고 결단하는 바로 그 순간, 마귀는 당신의 귀에 대고 그것은 시간만 낭비하는 쓸데없는 일이라고 속삭일 것이다.

알다시피 사탄은 거짓의 아버지라고 불려 왔다. 사탄은 당신이 어떤 특별한 경험이나 훈련을 받지 않았기 때문에 스스로 어떤 일을 할 가치가 없다고 생각하도록 만든다. 허튼 수작이다! 고린도전서 12장 8절부터 11절까지 사도 바울이 말하고 있는 것을 들어 보라.

> "어떤 이에게는 성령으로 말미암아 지혜의 말씀을, 어떤 이에게는 같은 성령을 따라 지식의 말씀을, 다른 이에게는 같은 성령으로 믿음을, 어떤 이에게는 한 성령으로 병 고치는 은사를, 어떤 이에게는 능력 행함을, 어떤 이에게는 예언함을, 어떤 이에게는 영들 분별함을, 다른 이에게는 각종 방언 말함을, 어떤 이에게는 방언들 통역함을 주시나니 이 모든 일은 같은 한 성령이 행하사 그 뜻대로 각 사람에게 나눠 주느니라."

보았는가? 누구나 자신만의 독특한 생각을 갖고 있다! 어느 누구도 당신처럼 성령의 은사를 균형 있게 발휘하지 못한다. 더욱이 하나님께서는 다른 사람이 아닌 바로 당신이 되도록 온갖 경험과 환경을 통해 인도해 오셨다. 어느 누구도 당신만이 가지고 있는 추억을 갖고 있지 않다. 심지어 똑같은 쌍둥이라고 할지라도 그들이 함께 나누지 못하는 경험이 있다.

만약 하나님께서 당신이 작가가 되도록 부르셨다면 바로 이 시점으로부터 계속해서 당신을 인도하실 것이다. 그리고 하나님께서는 당신이 가진 소망을 모두 알고 계시며, 당신만이 할 수 있는 독특한 경험들을 통해 인생을 빚어가신다. 이러한 사건들로부터 유일무이한 당신만의 안목이 생기게 된다.

오늘날 대부분의 출판사들은 '특별한 계층이나 흥미거리의 정기간행물'을 출판하는 곳으로 일컬어지는데, 비슷하면서도 특정한 일에 관심을 갖고 있는 계층을 목표로 책을 낸다는 뜻이다. 사진 잡지를 읽는 사람들은 사진 찍는 지식을 더 많이 아는 것에 관심이 있다. 양육 잡지를 읽는 사람들은 자녀 양육에 관한 질문에 대해 답을 찾고 있다. 다른 잡지들도 마찬가지이다. 특별한 관심을 가진 독자들은 결코 만만하게 보아넘길 대상이 아니다. 그들은 특별한 스포츠, 취지, 사회적 논란거리나 교계 소식을 세밀하게 살피거나 이미 그 분야에서 일을 하고 있거나 필요한 자질을 더욱 향상시키길 원하고 있다.

다시 말해 대부분의 독자들은 해답을 찾고 있다. 어떤 사건과 사람들에 대한 그들의 지식을 향상시키려는 단순한 시도로부터 매우 기술적인 '방법론' 학습에 이르기까지 독자들은 다양한 질문들을 갖고 있는 사람들이다. 이러한 요구에 대해 그리스도인 작가는 갈라디아서 6장 2절의 명령을 성취할 수 있는 최상의 조건에 놓여 있다. "너희가 짐을 서로 지라 그리하여 그리스도의 법을 성취하라."

만약 자원하여 글을 쓰는 일을 하게 된다면 당신은 정보가 흐르는 통로와 같은 역할을 하게 될 것이다. 생명을 구하는 치료약을 발견하는 과학자가 될 수는 없어도 다른 사람들에게 정보나 지식을 발견하게 하는 사람은 될 수 있다. 전문가적인 충고나 상담을 할 수는 없어도 명확하고 효과적으로 쓰여진 글을 통해 다른 이들과 의사소통을 할 수 있다면, 당신은 도움을 필요로 하는 사람들에게 적합한 정보를 제공함으로써 이루 헤아릴 수 없는 축복의 근원이 될 수 있다.

예수님이 '말씀' 으고 불린 것이 우연이라고 생각하는가? 그분은 인간에게 말씀하시는 하나님의 가시적인 표현으로서 나타났다. 요한이 예수님에 대해 말한 것을 기억하라. 그는 요한일서 1장 1절에서 "태초부터 있는 생명의 말씀에 관하여는 우리가 들은 바요 눈으로 본 바요 주목하고 우리 손으로 만진 바라"라고 증거하고 있다.

그 때 요한의 선포는 어떤 형태로 나타났는가?

기록된 말씀의 형태였다!

요한은 예수님의 생애에 어떤 사건이 일어나리라고 주장하지 않았다. 그는 선포했던 것이다. 하나님께서 당신에게 글을 쓰도록 부르셨다면 힘 있고 책임감 있는 위치에 있다는 것을 이해하기 시작했는가?

가능성은 얼마나 큰가?

『작가의 시장』(Writer's Market)이라는 책의 1989년판에는 작가들이 자발적으로 쓴 원고를 받아 주는 2,000여개의 정기간행물의 목록이 수록되어 있다. 이들 상업 출판사, 대중 잡지, 기술 저널, 일반 정기간행물에서 수용한 원고의 수는 매년 최저 10개에서 최고 100개까지 이른다. 출판물당 25개를 평균 숫자로 본다면 이 숫자는 빠르게 증가하여 약 50,000개의 청탁받지 않은 기사들이 매년 출판된다는 뜻이다. 즉 당신과 같은 프리랜서에게도 50,000번의 기회가 주어져 인쇄물에 등장하리라는 의미이다.

당신 역시 여기서 말하고 있는 수많은 사람들 중의 하나가 될 수 있다. "그것이 도대체 나와 무슨 상관이 있단 말입니까? 난 단지 소설을 쓰고 싶을 뿐이라구요! 난 나에 대한 글을 쓰고 싶어요. 난 잡지에 기사를 쓰거나 지역 신문사의 직원들을 위해 일하고 싶진 않거든요!"

글쎄, 다음을 생각해 보라. 일반 잡지에 실린 프리랜서의 글은 적어도 50만의 사람들이 읽을 수 있다. 반면에 한 권의 소설은 100,000권이 팔려야만 베스트셀러가 된다. 당신의 작품이 어느 매체를 통해서 가장 잘 부각될 수 있을지를 이해하기 위해서 수학의 천재가 될 필요는 없다. 그리고 만약 당신이 삶과 작품을 통해 하나님의 말씀을 선포하는 데 헌신하고자 한다면, 이와 같은 점을 심사숙고하는 일은 매우 중요하다.

아마 당신의 생각에 누군가가 당신의 개인적인 신앙에 관한 글을 읽어 줄 만큼 자신이 별로 중요하지 않다고 생각할 수 있다. 만약 그렇다면 당신이 하나님 나라를 위해 멋지고 위대한 일을 하고 있는 신앙인을 알고 있는지 자문해 보라. 그들과 인터뷰를 할 수 있는가? 그들에 관한 이야기를 쓸 수 있는가? 당신의 글을 통해 그들과 외사소통을 할 수 있는가?

사람들이 관심을 가질 만한 어떤 종류의 이야기들을 머리 속에 잔뜩 쌓아 놓고 있는가? 전국에 출판을 통해 널리 알릴 만큼 흥미로운 것이 있는가? 〔잠재력 있는 시장에서 《내셔널 인콰이어러》(*National Enquirer*)와 같은 출판물을 빼놓지 말라. 선정적인 타블로이드판 잡지는 《유 에스 뉴스》(*U. S. News*)나 《타임》(*Time*)과 같은 잡지보다 미국인들이 더 많이 선호한다.〕 여기에서 우리가 이야기하고 있는 것은 뭔가 색다른 감각을 담고 있는 자료들이 시장에서 범람하고 있다는 사실이다.

그럴듯한 이야기를 찾기 위해 지역 신문들을 유심히 살펴보라. 단지 예수님을 향한 믿음 때문에 울음보를 터트리는 아기들을 돌보는 여성들을 찾을 수 있는가? 색다른 방법으로 노인들을 돌보는 지역 기독교 프로그램은 어떤가? 그렇지 않으면 구제 선교를 위해 여분의 음식을 기부하는 식당 주인들에 대해서는?

그곳에는 수천 개의 이야기들이 전국민의 관심을 기다리고 있다. 주님을 사랑하고 세상을 변화시키기 위해 자신의 삶을 하나님께서 인도하길 바라는 보통 사람들에 대한 이야기들 말이다.

지난 몇 년 간 전국의 주요 신문사들은 일부 종교 지도자들의 스캔들 기사를 싣는 것을 상당히 즐겨했다. "이것이 바로 기독교의 실상을 잘 말해 준다"라고 그들은 말한다.

작가로서 우리의 대답은 간단하다.

"아니오. 기독교는 나사렛의 목수에 관한 것입니다. 당신도 알다시피 그분은 여전히 이곳에 계십니다. 가난한 사람들을 돌보시면서! 이 사람 혹은 저 사람의 삶을 통해 살아 계신 분이죠! 그 분이 원하시는 방법에 대해 제가 당신에게 말해 볼께요."

그리고 만약 당신이 이것을 쓰지 않는다면 누가 이 일을 하겠는가? 만약 다른 누군가가 이것을 쓴다고 한다면 그가 하나님께서 허락하신 당신만의 독특한 견해로 그가 이것을 그려 낼 수 있을까? 만약 하나님께서 글을 쓰도록 부르셨다면 당신은 이 세상을 하나님 말씀의 씨앗이 심겨지기를 기다리는 밭으로 생각해야만 한다. 사랑과 희망넘치는 기적은 어느 곳에서나 삶을 변화시키고 있다! 당신은 복음을 선포하는 데 결정적인 역할을 할 수 있다!

3장 작은 일부터 시작하라
Starting Small

이러므로 너희가 더욱 힘써 너희 믿음에 덕을, 덕에 지식을, 지식에 절제를, …인내를, …경건을, …형제 우애를, …사랑을 공급하라. 이런 것이 없는 자는 너희에게 있어 흡족한즉 너희로 우리 주 예수 그리스도를 알기에 게으르지 않고 열매 없는 자가 되지 않게 하려니와

베드로후서 1:5-8

대부분의 사람들은 글쓰기가 재능이라고 생각하지 않는다. 당신도 다른 일처럼 글쓰기의 수습 기간을 충분히 가져야만 한다.

캐더린 앤 포터(Katherine Anne Porter)

누구든지 끈질기게 글 쓰는 일에 헌신적으로 노력한다면 언제라도 글을 쓸 수 있다.

사무엘 존슨(Samuel Johnson)

레드먼(Redman)은 근육질의 덩치 큰 2년생 경마로 샌프란시스코에 있는 베이 미도우 경주(Bay Meadows Racetrack)에 처음으로 참여했었다. 레드먼이 달리는 것을 보면 나는 전율을 느낀다. 전력을 다해 질주하는 모습은 경마장의 잔디를 점령하듯 했고 그 뒤를 이어 2등을 한 말보다 몇 걸음이나 앞서서 결승선에 도착했다.

레드먼은 특별했다. 고전적인 순종 말이 갖고 있는 아름다움뿐 아니라 감정을 갖고 있었다. 그 청동빛 경주마가 승리자를 위한 시상 지점으로 서서히 달려들어 올 때엔 땀으로 빛났다.

레드먼은 처녀 출전한 경주에서 승리했고 신기록을 수립했다. 하지만 도중에 오른쪽 앞다리에 부상을 입었었다. 레드먼이 아마도 결코 다시는 경주를 할 수 없을 것이라고 수의사가 말했을 때 우리는 승리의 감격을 송두리째 잊어버리고 말았다. 레드먼은 육체적으로 견뎌 낼 수 있는 것보다 훨씬 더 많은 능력을 발휘했다.

레드먼은 언젠가 켄터키 더비(Kentucky Derby)에서도 승리할 수 있는 유망한 어린 말이었지만 한 번의 경주만으로 수명이 끝나 버렸다.

이와 같은 일은 매일 트랙에서 일어난다. 대부분의 말들은 경주하기에 너무 어리다. 뼈는 여전히 부드럽고 성장은 너무 빨랐다. 근육은 외부의 충격을 견딜 수 있을 정도로 단단해지지 않았다. 그렇게 해서 훌륭하고 유망한 어린 말들이 불구가 된다.

우리는 당장에 무엇을 해야 할지 몰랐다. 암망아지가 다쳤을 때 그 말은 번식용으로 농장에 돌아갈 수 있다. 그러나 새끼를 낳을 수 없는 거세당한 이 말은 어떻게 해야 할까?

"말이 푹 쉬도록 해 주시오." 수의사는 말했다.

"레드먼을 고향의 목장으로 데려갈 겁니다." 우리는 대답했다. "조금만 기다려 보십시오. 초원에서 보내는 시간이 도움이 되는지 기다려 봅시다."

온순하고 당당한 레드먼은 한 파운드당 50센트의 가치가 있었다. 어쩌면 이 가격보다 못했을 수도 있지만. 우리는 레드먼을 무작정 집으로 데려가야 한다는 사실에 매우 괴로웠다. "그를 퓨리나(Purina)라고 불렀어야 하는데!"

3개월 간의 정성스런 간호로 붓기가 가라앉았기 때문에 높은 산악 지대에 있는 목초지로 가서 레드먼을 다른 말들과 함께 풀어 놓아 주었다. 만약 레이먼이 추운 겨울을 견디고 험악한 산지에서 다리 운동을 한다면 아마도 다시 경주를 할 수 있을지도 모른다고 생각했다.

모든 작가들은 레드먼의 이야기에서 주는 교훈을 배울 수 있을 것이다. 나는 새롭고 재능 있으며 무한한 잠재력을 가진 우수한 작가들이 출판이라는 경주에서 상처 입고 무수히 중도 하차한다는 것을 안다. 그들은 미국 굴지의 출판사를 선택하여 자신의 원고를 발송한다. 그들은 마음을 담은 편지를 편집자들에게 보내는데, 그들은 흔히 "당신의 원고가 현재 우리에게는 맞지 않는군요"라는 답신을 보내 오기 일쑤이다.

수백 명의 작가들이 쓴 작품들이 뉴욕의 주요 잡지사에서 잔뜩 쌓인 원고들 가운데 섞여 있다가 아무도 읽어 보지도 않은 채, 그저 반송될 뿐이다. 한편, 작가들은 그들의 우편함에 매달려 있다. 만약 긍정적인 답을 기다리는 희망과 에너지를 측량하고 포장하여 비타민으로 만들어 판다면, 카페인의 대체물이 될 것이다!

거절의 고통은 강력하고도 치명적이다. 이러한 초기의 실망은 신참 작가들을 불구로 만들어 다시는 경주를 할 수 없도록 만들며, 하나님께서 주신 글 쓰는 소명에 대해서도 마음이 닫히게 된다.

"그래 난 틀렸어. 하나님께서는 내가 작가가 되는 걸 정말로 원치 않으시나 봐."

"내가 이러한 일을 해낼 수 있다고 생각하다니 확실히 어리석었어."

"내가 도대체 무슨 생각을 하고 있는 거지? 아무도 내 이야기에 관심을 보이지 않는데 말이야."

레드먼처럼 그들은 훈련을 받아야만 할 때 지나치게 긴 코스의 경주를 달려왔다.

자신이 레드먼과 같다고 느낀다면, 즉 상처받고 마음을 다쳐 경쟁에서 낙오되었다고 느낀다면 계속해서 이 글을 읽도록 하라. 여기에는 당신을 위한 희망이 있고, 하나님께서 원하는 목표로 당신을 한 번에 한 걸음씩 인도해 주시리라는 약속이 있다. 그리고 당신에게는 우선 작은 걸음마부터 배우고자 하는 마음이 있어야만 한다. 당신은 켄터키 더비 같은 아주 유명한 경주대회에서 승리하는 비전을 접어 두고, 훈련으로 돌아와야 한다.

내가 말하는 '훈련' 이란 자신의 보조에 맞게 걸음마를 배워야 한다는 것이다. 이전에 출판 경험이 전혀 없는 경우, 당신의 처녀작으로 700쪽의 소설을 계획하는 것은 무의미하다. 당신이 가장 자신 있고 편안하게 느끼며 가장 많은 경험을 한 곳에서부터 시작하라. 지역 사회에서 일어난 어떤 일에 관해 명확한 의견을 갖고 있다면 지역 신문의 독자란에 편지를 써 보는 것은 어떨까? 또 교회에서 월간 소식지를 만드는 데 도움이 필요하다면 간단한 글을 기고해 보는 것은 어떨까? 혹은 당신이 사는 동네가 허리케인으로 피해를 입었는가? 타블로이드판 잡지에다 기사를 써보지 않겠는가?

처음부터 여성지에다 단편 소설을 써서 보낸 뒤, 3개월 후에 거절 편지를 기다리기로 했다면 레드먼처럼 당신은 심각한 상처를 입을 수밖에 없다. 목표를 높게 잡는 것은 좋은 일이다. 다만 너무 멀리, 너무 빨리 잡으려고 하지 않는다면 말이다. 나는 출판계에서 최고의 출판사들에게 원고를 주었다. 나 역시 《그릿》(*Grit*)과 《내셔널 인콰이어러》(*National Enquirer*)에 글을 기고해 왔다. 그것은 모두 큰 경주대회를 위한 훈련의 일부였을 뿐이다.

일지 쓰기

당신이 스스로 할 수 있는 가장 가치 있는 방법에는 일기나 일지 쓰기가 있다. 글쓰기는 전력을 다해 연습하고 훈련함으로써 향상된다. 매일 단 몇 분 만이라도 책상머리에 앉아서 생각을 정리하여 기록해 보는 것은 매우 값진 일이다. 일지란 개인적인 것이고 출판을 목적으로 하지 않으며, 매우 비판적인 견해일 수도 있다. 결과적으로 자신의 생각을 솔직히 드러낼 수 있고 형식에 얽매일 필요도 없다.

일지란 사실 매우 지적이어서도 안 되지만 지적으로 보이려고 시도할 필요도 없다. 일지란 생각을 한 번 정리해 보는 것일 뿐이다. 그날 있었던 사건, 대화, 우연한 만남, 감정들을 기록할 수 있다. 처음의 일지 쓰기의 훈련은 이 세상에서 일어나는 다양한 사건들에 대한 견해를 간단하게 끍적거리는 것일 수도 있지만, 결코 중단하지는 말라! 그것은 마치 자연스럽게 친구에게 비밀을 딜어놓는 것과 같다. 또한 어러 가지 사건들 중에서 쓰고 싶은 것을 정확하게 고르는 데 어려움을 겪지 않게 된다.

일지 쓰기는 규칙적인 글쓰기 훈련이라는 점 말고도 몇 가지 실제적인 이점이 있다. 첫번째는 장래에 글을 쓸 때 유용한 자료 모음집이 된다. 예를 들어, 만났던 사람들 중 특히 재미있는 사람들에 관해 글을 써 놓는다. 그들의 신체적인 묘사와 언어 습관 등을 유심히 살펴서 그것을 기록한다. 또한 내가 낯선 장소를 방문했을 때도 그곳의 주변 상황에 대해서 기록을 남겨 둔다.

또한 작가는 일지 쓰기를 통해 간결함과 명쾌성을 연습하게 된다. 일지는 긴 수필을 쓰는 것이 아니기 때문에 쓰고자 하는 것을 최소화하여 기록해야 한다. 동시에 지금 기록한 당신의 생각을 몇 주, 몇 달, 심지어 몇 년 후에도 생생하게 기억해 낼 수 있도록 너무 모호하게 쓰거나 그 의미를 잊어버리면 안 된다. 독자를 염두에 두고서 일지 쓰기를 연습할 때의 자세를 고려해 보라. 아주 열심이 있거나 헌신적인 독자라도 당신 스스로를 이해시킬 수 없는 내용이라면 그 뜻을 판독해 내기 힘들다.

마지막으로, 일지 쓰기는 의욕을 북돋아 주는 촉진제가 될 수 있다. 당신이 기록할 수 있는 가장 적절한 사건들 중에는 응답받는 기도도 있다. 힘든 시기에 이러한 영적인 이정표를 따라간다면 성령님의 부드러운 목소리를 들을 수 있는 좋은 기회가 된다. "자, 이런 일이 일어났을 때 난 너와 함께 있었단다. 그리고 난 그 때 널 도왔어. 저곳을 봐라. 마감 시간이 되었을 바로 그때 난 네가 일 주일 만에 100쪽짜리 글을 쓸 수 있도록 도와 주었지."

3장 연습문제

1. 일지로 사용할 빈 노트를 구입하라.

2. 오늘밤에 하루 동안 있었던 일을 써 보라. 일어났던 사건, 만났던 사람,
   갔던 곳, 대화했던 내용, 당신이 생각하는 어떤 것에 대해 써라. 단 최소
   한 5분 정도 기록하도록 하라.

3. 하루에 최소한 5분 정도는 일지에 글을 쓰는 목표를 정하도록 하라.

4장 도움을 줄 수 있는 모임을 찾아라
Help Along the Way

> 훈계를 굳게 잡아 놓치지 말고 지키라.
>
> 잠언 4:13

글쓰기에 관한 책은 성공적인 작가가 되는 것이 얼마나 어려운가에 대해 중시하는 경향이 있다. 그러나 사실 글을 잘 쓰는 능력이 부분적으로는 선천적인 재능일지라도—농구를 잘하는 능력이나 주식 시장을 미리 꿰뚫어 보는 능력과 같은—글 쓰는 능력은 주로 글쓰기에 대한 깊은 사랑을 바탕으로 한 훌륭한 가르침의 결과이다.

존 가드너(John Gardner)

문학 작품이란 상식을 뛰어넘을 정도로 다른 사람의 의견에 집중하는 사람들의 생각을 흩어 놓은 것과 같다.

버지니아 울프(Virginia Woolf)

10살밖에 안 된 나이에 나는 이미 실패자가 되었다. 3학년짜리에게 적용되는 성공의 기준들로 본다면 분명히 실패자였다.

나에게는 결코 잊어버릴 수 없는 어느 날 오후가 있다. 나는 갈색 유니폼을 입고 있었다. 우리 반 친구들은 즐거워하며 걸스카우트 모임에 가버렸지만, 성적표를 쳐다 보며 부모님께 이 소식을 어떻게 말을 꺼낼까 골똘히 생각하면서 혼자 집으로 돌아오고 있었다.

수학: C … 아주 나쁜 편은 아님
받아쓰기: F … 형편없음
읽기: F … 거의 형편없음
품행: C … 오, 다행이다!
노력: E … 내 인생은 끝났다!

처음에 몇몇 친구들은 내게 무슨 일이 있는지, 물어 보았다. 창백한 피부 때문에 주근깨가 더욱 튀어 나와 보였다. 몸이 좋지 않았다. 선생님은 나에게 게으르다고 했다. 남자 아이들도 나를 어리석다고 했다. 정말 내가 이 둘 중의 하나인 것은 아닐까?

10년 간의 내 인생 중에서 가장 힘들고 슬픈 날이었다. 왜냐하면 내가 부모님을 실망시켰다는 것을 알고 있었기 때문이다. 엄마는 내가 영리하다고 했다. 아빠는 나를 '천재 소녀'라고 했다. 이 성적표가 나를 믿었던 부모님들의 생각을 바꾸어 놓겠지?

그날 저녁에 엄마와 아빠 그리고 나는 함께 거실에 앉았다. 언니들은 훌륭한 성적표를 받아 왔다. 그래서 저녁식사 시간에 모두 칭찬을 받았다. 그리고 나는 아빠가 큰언니에게 이렇게 속삭이는 말을 들었다. "보디에게는 아무 말도 하지 말아라. 기분이 안 좋은 것 같거든. 엄마와 내가 보디와 이야기할게."

그리고 그들은 그렇게 하셨다. 30년이 지난 지금도 내가 기억할 만큼 용기와 이해심을 가지고 날 위로해 주셨던 것이다. 나는 가슴이 복받쳐서 '죄송해요'라는 말조차 제대로 하지 못했다. 눈물이 펑펑 쏟아졌고 엄마는 두 팔로 따뜻하게 나를 껴안아 주셨다.

"네가 게으르지 않다는 것을 아빠와 난 알고 있어. 우리는 네가 어리석지 않다고 확실히 믿는단다." 엄마는 확고하게 말씀하셨다. "읽기를 배우는 것이 어떤 사람들에게는 어려운 일이 될 수도 있단다"라고 아빠가 덧붙이셨다(후에 나의 할아버지는 전혀 글을 읽지 못하셨지만 지적이며, 유능한 사람이며, 의사의 아들이었다는 사실을 알게 되었다).

1950년대에는 학습곤란증에 대해 잘 알지 못했다. 대개 이런 류의 사람들을 '게으르거나' '느리게 배우는' 사람이라고 불렀을 뿐이다. 내가 글을 제대로 파악하지 못하는 데에는 뭔가 문제가 있었지만, 부모님은 그것에 대해서 제대로 모르고 계셨다. 뭔가 재빨리 조치를 취하지 않으면 난 결코 4학년이 될 수 없을지도 모른다.

엄마는 나를 게으르다고 한 선생님의 평가에 화가 나셨고, 그래서 아빠에게 학교로 가서 선생님을 만나 이 일을 처리하도록 하셨다. 이 일은 내게 혹독한 고문이었다. 선생님께서 나의 결점을 읊조리고 계실 때 아빠는 잠시 동안 조용히 서 계셨다. 나는 늘 뒤처져 있었고 잠재력을 발휘하지도 못했다. 나는 공부하는 것보다 다른 아이들을 즐겁게 해주는 일이 더 재미있었다. 또 다시 수치심의 눈물이 뺨에서 흘러내리고 있었다.

아빠는 그의 무거운 손을 내 어깨에 올려 놓으신 채 말씀하셨다. "당신이 틀렸습니다. 완전히 말입니다. 보디가 배우는 능력에 문제가 있다는 말은 잘못된 선생님을 만났다는 것이오." 아빠는 나를 그에게로 더욱 끌어당겼고 난 변호받고 편안함을 느꼈다!

선생님은 재차 아빠의 말에 동의할 수 없다고 항변했지만, 여하튼 그녀의 판단으로 인해 내 감정이 이전처럼 상처를 입지는 않았다. 곧 아빠는 나를 교실 밖으로 데리고 나가더니 앉은 자세로 내 팔을 붙들고 말했다.

"보디야, 엄마와 나는 선생님이 말한 것을 믿지 않는단다. 가르치는 법을 제대로 잘 알고 있는 선생님을 네게 찾아 줄게. 걱정하지 말아라. 앞으로는 더욱 열심히 할 수 있지?"

아빠는 그러겠다고 고개를 끄덕이면서 내가 열심히 공부했었지만 아무 소용이 없었다는 사실을 무시하려고 애썼다.

그는 다정스럽게 내 등을 토닥거려 주셨다. "좋아. 그러면 넌 곧 읽기를 잘하게 될 거야." 아버지는 내게 중요한 교훈을 가르쳐 주셨다. 그것은 인내라는 교훈이었다.

절대로 포기하지 말라. 능력이 닿는 한 열심히 하더라도 당신은 아무 것도 이루지 못할 수 있다. 만약 그렇다면, 그때는 다른 방법을 시도해 보도록 하라. 당신의 접근은 어떠한가? 목표로 나아가는 어떤 길이 막혔다면 돌아서서 다른 길을 찾아봐야만 한다.

내게 있어서 다른 길이란 다른 선생님을 만나는 것을 의미했다. 부모님은 1년 간의 교육 경력을 가진 똑똑한 여자 선생님을 알고 계셨다. 그녀의 이름은 아니타 마틴(Anita Martin)이며, 유명한 영화 〈피터팬〉(Peter Pan)의 여배우인 메리 마틴과 꼭 닮았다! 마틴 선생님은 내가 공부하는 데 있어서 약간의 진전만 보여도 열정과 칭찬을 아끼지 않으셨다. 여름 내내 마틴 선생님과 함께 일 주일에 한 번씩 공부를 했다.

"음성학은 보디에게 도움이 되지 않는 것 같습니다." 그녀는 엄마에게 말했다. "음성학이 별로 도움이 되지 않기 때문에 우리는 간단하게

단어를 이해하는 것에 집중할 수 있을 거예요!'

플래시 카드(flash card, 선생님이 학생에게 잠깐 보여 주고 외게 하는 교육용 카드). 암기. 단어 이해. 시간 시간마다 우리는 이것들로 연습했다. 오늘날까지도 나는 음성학을 어려워 할 뿐만 아니라 여전히 철자를 제대로 쓰지 못한다(나의 편집장들이 증명해 주듯이). 하지만 그해 여름에 나는 읽기를 배웠다. 그리고 생각들을 종이에 옮기는 방법을 배웠다. 앞으로 언젠가 천국에서 주님께 부탁하여 나를 작가로 만들어 준 모든 사람과 상황을 녹화해 둔 테이프를 보여 달라고 할 작정이다.

고등학교 때에는 운 좋게도 재능 있고 문학적 감각이 뛰어난 준 개데(June Gaede) 선생님을 만났다. 고등학교 1학년일 때 나는 문학 과제로 시 한 편을 그녀에게 제출했다. 그 시를 읽으면서 선생님은 가볍게 미소를 지으셨고, 모든 것을 속속들이 알고 계신다는 사실을 깨닫게 되었다.

선생님은 내게 "넌 이것보다 더 훌륭한 시를 쓸 수 있어"라고 부드럽게 말했다. 선생님은 내가 다른 책에서 그 시를 베껴 온 사실을 알았지만, 결코 직접 말하지 않았고 시를 도둑질했다고 질책하지도 않았다. 대신에 그녀는 자신의 글을 써서 출판하길 원하는 작은 소녀의 소박한 소망을 이해했고 그 목표를 정직하게 이루도록 도와 주었다.

개데 선생님의 교실에 배당되지 않았을 때 다른 선생님은 내가 쓴 글에 붉은 펜으로 휘갈겨 평을 쓰셨다. 그럴 때면 언제나 점심시간에는 개데 선생님의 책상으로 달려갔다. 그녀는 늘 내게 시간을 내 주었고 용기를 북돋아 주었다. 그 당시에 내가 쓴 글들은 대부분이 고리타분하고 평범했다. 하지만 개데 선생님(그리고 나의 가족)은 내가 쓴 글이 내면의 평범함을 비추는 거울과 같다는 사실을 전혀 인정하지 않았다! 그 대신에 이 훌륭한 선생님은 위대한 고전 문학들을 이야기해 주었다.

선생님께서는 역사의 위대한 작가들이 말한 유명한 구절들을 읽어 주시면서 부드러운 교훈과 용기로 다음과 같이 말씀하셨다.

"작가가 이 순간을 어떻게 표현했는지 봐? 여기에서 이 여류작가가 사용한 방언을 알 수 있겠니? 이제 너도 한 번 해 봐! 바로 그거야! 그래! 넌 해낼 수 있다고!"

국민학교 시절 끔찍했던 몇 년 간을 지내면서 나는 나쁜 선생님보다 더 나쁜 일은 없으며, 좋은 선생님이야말로 하나님의 마음에 가장 가까이에 있음을 확신하게 되었다!

하나님께서는 부모님이라는 축복을 주셨는데, 그들은 내가 최선을 다하도록 요구하시면서 또 그렇게 기뻐하셨다. 주님은 내가 마음 깊숙이 원하는 소원, 즉 작가가 되는 소원을 이해할 수 있는 선생님들을 허락해 주셨다. 더 이상 내가 원했던 것은 아무것도 없었다. 그러나 나는 그 목표에 나 혼자서는 결코 도달할 수 없었다.

당신의 글쓰기 능력을 향상하도록 도와 주는 곳은 어디일까?

이제부터 좀 더 솔직해져야 할 것 같다. 어떤 책으로부터 무엇인가를 배운다는 것은 어렵다. 당신은 내가 이 책을 통해 줄 수 있는 것보다 더 많은 도움과 격려를 필요로 할지도 모른다. 당신은 지금 당장 상상할 수도 없는 그런 목표들을 향한 통찰력을 키워 줄 수 있는 한 선생님 (혹은 여러 선생님들)을 찾아야 한다.

대학을 다닐 때 창작 글쓰기 강좌를 수강했지만 그것은 함정이었다. 내가 써냈던 거의 모든 제출물들이 끊임없이 알아보기도 힘든 붉은색 펜으로 무엇인가가 잔뜩 쓰여진 채로 되돌아왔다.

마침내 이러한 평가들의 의미를 인식하게 되었을 때 그 강사가 심한 자아 문제를 갖고 있었음을 알게 되었다. 그녀는 내 글쓰기를 도와 주려고 하지 않았다. 오히려 그녀는 자신의 글쓰기 방식에 따라 내 이야기를 쓰도록 강요했다. 결국 나는 그 강좌에서 낙제하고 말았다.

궁극적으로 글쓰기 능력을 향상시킬 수 있는 유일한 방법은 글을 많이 써 보는 것이다. 그렇지만 우리들 중 대부분이 동일한 관심을 가진 사람들과의 관계에서 얻는 격려와 정직하지만 때로 건설적인 비평에서 오는 교훈도 필요하다는 것 역시 사실이다.

인문 계열 학과나 교양 학과목에서는 일반적으로 글쓰기 강좌를 개설한다. 때때로 그러한 강좌들은 삼류 시인들이 등단하여 지나치게 지적인 창작 글쓰기 강좌로 흐르거나 전도된 가치관을 추구하는 경향이 있다. 그렇지만 종종 아주 실제적인 출판을 위한 글쓰기 강좌를 찾아볼 수 있는데, 출판사에 제출할 원고를 어떻게 구성할지에 대해 구체적인 도움을 얻을 수 있을 것이다(나 역시 내가 살고 있는 곳의 지방 대학에서 이 분야에 대해 강의하고 있다). 당신이 특별한 강좌를 수강하려고 한다면 이미 그 강좌를 수강한 사람으로부터 추천을 받거나 의견을 꼭 듣도록 하라. 아니면 최소한 그 강사에게서 수강한 사람이 누구인지를 알아 보라. 이것이 불가능하다면 수강료를 내기 전에 강좌의 일부를 청강할 수 있는지 알아 보라.

이렇게 강조하는 이유는 당신이 파렴치한 강사들 때문에 수강료를 낭비하지 않도록 하고, 겨우 전위 예술의 명상 수준에 머물게 되는 것을 우려하기 때문이다. 여기에 문제의 또 다른 면이 있다. 만약 글쓰기 강좌를 등록한다면 때때로 상처를 입을 우려가 있음을 명심하라. 당신이 그 강좌에서 요구하는 글쓰기 과제들을 해내기 위해 노력하겠지만 강사는 마치 귀먹은 사람처럼 대충 봐 주는 일이 없다. 땀 흘려 노력한 글이 피멍이 든 채 당신에게로 돌아올 때 감정적으로 상당한 상처를 받을 수 있다는 것을 생각해야 한다. 당신의 작품에 대해 그들의 의견을

말할 때 마음을 단단히 먹어야 하며, 그와 유사한 상황에 처했을 경우
신앙인의 인내를 연습하도록 노력하라!

　이러한 사실을 명심하고서 다음과 같은 경고에 귀를 기울이라.

　불안정하고 완벽하지 않은 수많은 학생 작가들의 마음에는 비평이
　라는 이름으로 다른 작가들의 작품을 비난하려는 욕망이 숨어 있다!

　열심히 글을 쓰려고 노력하는 신참 작가들에게 가해지는 상처들을
수년 간 보아왔는데, 이런 식으로 그들을 무시하는 행위들은 나를 상
당히 화나게 만들었다. 그러므로 주의하고 경계하라.

　글감을 조사하고 글을 쓰고 인쇄하는 과정을 전체적으로 가르쳐 주
는 강좌들을 추천하고 싶다! 혹시 저널리즘 강좌를 진행하는 것을 알고
있는가? 그렇다면 그 강좌를 꼭 수강하라!

　동네에 있는 고등학교에서 연감을 만드는가? 자진하여 도움을 주도
록 하라. 비록 경험이 없다고 해도 하나씩 경험을 쌓아 가면 된다. 그러
면 당신이 그 일을 끝낼 때쯤엔 출판에 관해 많은 것을 이해하게 될 것
이다. 이러한 일 이외에도 일에 지쳐서 피곤에 절어 있는 연감 제작자
는 당신이 도와 준 것에 대해 고마워하며 감사를 표할 것이다! 더욱이
당신은 그러한 경험 뒤에 편집장들과 마감 시간에 대해 전체적으로 이
해하게 된다.

작가 협회와 대화

　작가 협회와 작가 모임 그리고 워크숍은 효과적일 수도 있고 시간
낭비가 될 수도 있다. 그런 모임들의 구성이 얼마나 잘 짜여졌는지, 참
가 자격이나, 자발성 여부에 따라 당신의 필요를 제대로 채울 수 있을

지가 결정된다. 어떤 단체들은 입회비의 일부로서 완성되었거나 출판된 작품을 가지고 오게 하여 활동적이고 유용한 비평 시간들을 제공한다. 반면 어떤 단체들은 오직 작가들의 사교적인 모임으로서 그들이 "하고자 하는 일"에 대한 이야기만 하거나 자신들이 쓴 소설이 5년 간이나 진행되고 있다는 등의 푸념만 늘어놓기도 한다.

글쓰기 재능의 향상을 중요하게 생각하는 작가 단체들은 종종 외부 인사를 초청하여 글쓰기 세미나를 주관하기도 한다. 이러한 모임들보다 큰 작가들의 모임도 그 가치는 매우 다양하겠지만, 일반적으로 두 가지 이점을 갖고 있다. 단기간의 시간 투자와 저렴한 비용(대체로)이 그것이다. 이것만을 기억하라. 세미나가 당신의 삶을 혁신적으로 바꾸지는 못한다. 그러나 즉시 사용할 수 있는 새로운 아이디어를 가지고 있다면 작가로서 당신의 성장에 중요한 공헌을 하게 될 것이다.

기독 작가들의 모임은 수년 간 해마다 많은 지역에서 개최되었다. 로스엔젤레스의 바이올라(Biola) 대학, 시카고에 있는 무디성경연구소(Moody Bible Institute), 북캘리포니아에 있는 허몬산(Mt. Hermon)만이 아니다. 『신앙인 작가들의 시장 가이드』(*Christian Writers' Market Guide*)에는 주(州) 단위로 개최되는 작가들의 모임뿐 아니라 기독 작가들의 모임도 세세하고 있다. 다른 부가적인 지침은 얻을 수 없을지라도 이러한 모임에 참여하는 것을 목표로 삼으라.

훌륭한 작가들의 모임은 여러 가지 면에서 당신에게 큰 도움을 줄 것이다. 또한 당신의 삶에 영적인 영향을 크게 줄 것이며, 이 모임을 통해 당신이 배우는 기본적인 기술은 매우 가치 있을 것이다. 여하튼 당신이 이 모임에 참여한다면 손해 보지는 않을 것이다!

마지막으로 다시 한 번 강조하고 싶은 부분이 있다. 만약 당신이 진지하게 글쓰기를 하고자 한다면 그 소망을 함께 나눌 사람에 대해 주의 깊게 대하라. 훌륭한 지도자라면 당신의 결점을 흠잡기만 하지 않고 잘 보완하여 글을 쓰도록 도와 줄 것이다. 그러나 만약 당신의 결점을 흠잡기만 한다면 당장 그곳을 떠나라.

5장 글쓰기에 관한 정보들을 수집하라
The Writer's Market

말씀을 멸시하는 자는 패망을 이루고 계명을 두려워하는 자는 상을 얻느니라.

잠언 13:13

사전이 읽기 어려운 책만은 결코 아니다…그럴듯한 시와 역사를 쓸 수 있는 1차 자료들로 가득 차 있다.

랄프 왈도 에머슨(Ralph Waldo Emerson)

모든 훌륭한 글쓰기의 비밀은 건전한 판단이다.

호레이스(Horace)

해마다 나는 브룩과 함께 6시간이나 차를 타고 매년 열리는 샌프란시스코의 도서관 책 할인 판매장으로 간다. 마리나(Marina) 지역의 거대한 창고에서 열리는 도서 할인 판매는 금세기 최고의 바겐세일 중 하나라 할 수 있다. 우리는 진열대를 이리저리 헤매면서 개인 재산이나 수집물에서 도서관에 기증된 책들을 찾아다녔다. 우리는 스타인벡(Steinbeck)과 마크 트웨인(Mark Twain)이 쓴 책의 초판을 찾아냈다. 약 백 년 전에 출판된 매우 가치 있는 책들이었다.

집으로 돌아오는 길에 차가 마치 웅크리고 앉아 우리를 향해 신음하는 것 같았다. 도서관 책 선반들은 우리가 사온 책들로 빽빽하게 채워졌다. 이 모든 책들은 여러 잡지에 소설이나 역사 이야기를 쓸 때 중요한 연구 자료가 되기도 하지만, 실제로는 겨우 몇 권만 글을 쓰는 데 유용할 뿐이다.

의사나 엔지니어 혹은 재정기획가와 같이 능력 있는 전문가들은 값어치 있는 참고 도서들을 소장하고 있으며, 전문 작가 역시 다를 바 없다. 어떤 책들은 문학과 직접적인 관련이 있기 때문에 당신에게 놀라운 선물이 되기도 한다. 실제로 우리가 가지고 있는 작은 도서 목록에는 당신이 기대하지 못할 놀라운 책들도 있다.

참고 문헌 수집하기

당신이 반드시 소장하고 있어야 할 첫번째 참고서는 훌륭한 사전이다. 사전류는 정확한 철자를 알려 주는 것 이상의 대단한 역할을 한다. 작가는 사전을 통해 단어의 미묘한 의미 차이를 파악하게 되며, 그것을 제대로 적용하기 위해 특별한 용법을 검토해 보는 기회를 갖게 된다. 또한 사전은 두문자(initial)어의 정확한 변화를 알려 주는데, 복수나 부정어 같은 것이 그 예이다. 그리고 사전은 내용 조사를 위한 책 읽기나 인터뷰에서 보게 되는 익숙하지 않은 어휘들의 의미를 손쉽게 점검할 수 있도록 해 준다.

작가에게 두 번째로 중요한 참고 도서는 동의어 사전(thesaurus)이다. 동의어 사전은 사치품이 아니다. 어떤 주제에 대해 글을 쓸 때 어휘들을 적절하게 잘 선택하면 혼란을 느끼는 독자들에게 큰 도움이 될 수 있다. 훌륭한 동의어 사전은 풍부한 동의어를 알려 주고 유사하지만 미묘한 차이가 나는 다른 용법을 구별하여 자신의 생각을 가장 멋지게 표현하는 어휘를 선택할 수 있도록 한다.

다음으로 작가의 책장에 있어야 하는 책은 연감이다. 연감은 스포츠 이벤트, 곡물 추수, 노벨상과 인기 가요 등에 대한 정보 자료를 제공해 준다. 모든 형태의 인간 활동과 대중문화의 배경에 대한 가장 현실적인 정보원은 연감에 견줄 만한 것이 없다. 작가는 연감을 통해 진술을 구체적으로 입증할 만한 사실을 찾게 된다. 예를 들면 "모든 미국인들은 텔레비전에 의해 영향을 받는다(미국 가정의 98퍼센트가 최소한 한 세트의 텔레비전을 가지고 있다)"는 것 등이다. 또는 이런 것은 어떤가? "중서부 지역은 정확하게 바이블 벨트(Bible Belt)라고 불린다(5개의 복음주의 교단이 일리노이 주에 그 본부가 있으며, 인디애나 주에는 5개의 교단이 있고 미소리 주에는 8개의 교단이 있다)."

또 하나의 가장 기본이 되며 중요한 참고 도서는 백과사전이다. 이러한 백과사전들이 그 성격에 있어서는 매우 일반적이라 할지라도 이 백과사전은 역사적인 인물과 사건에 대해서는 정확한 배경 지식을 알려 준다. 더욱이 종종 이 백과사전은 쉽게 간과될 수도 있는 관련 주제나 연구의 흐름을 지적해 주기도 한다. (혹은 당신이 학교를 졸업했다고 도서관 훈련(library drill)에서 벗어났다고 생각하는가?)

다른 어떤 책보다도 가장 기본이 되는 참고 도서가 바로 『작가의 시장』(Writer' s Market)이다. 이 연감의 정확한 제목은 "당신이 쓴 글을 어디에서 그리고 어떻게 팔 것인가"이다. 다음 장에서 이에 대해 자세히 논의하겠지만, 꼭 알아야 할 것은 이 책이나 이와 유사한 『영감 있는 작가를 위한 시장 가이드』(Inspirational Writer' s Market Guide) 없이는 당신이 전문적인 프리랜서 작가로서 성공할 수 없다는 점이다.

끝으로 중요한 참고 도서는 말씀의 검인 성경이다. 당신이 출판하기 위해 쓰고 있는 글에서 성경의 직접적인 인용 여부는 중요한 논점이 아니다. 그것이 가족의 문제, 돈이나 오락, 양심의 문제든 하늘에 계신 아버지께서 인생의 모든 면에 대해 진정한 관심을 가지고 계신다는 사실을 정말로 믿는다면, 당신이 쓰고 있는 글의 어떤 주제에 관한 것이든 하나님의 말씀에 비추어 서술되어야 한다는 것은 당연하지 않는가? 물론 그렇다. 사실 성경은 우리에게 이렇게 말하고 있다.

"모든 성경은 하나님의 감동으로 된 것으로 교훈과 책망과 바르게 함과 의로 교육하기에 유익하니"(딤후 3:16)

『작가의 시장』

해마다 나는 누구보다도 먼저 『작가의 시장』 최신판을 사기 위해 동네의 책방으로 달려간다. 내 서재에는 20년 전부터 모아 놓은 『작가의 시장』들이 꽂혀 있고, 그것들의 대부분은 책장 모서리가 접히고 갈겨쓴 흔적이 있다.

당신이 『작가의 시장』 최신판을 갖고 있지 않다면 책이 출판되어 인기를 누릴 생각을 절대로 하지 말라. 어느 강의든지 첫 강의를 시작할 때마다 반드시 이 말을 칠판에 쓴다. 그 출판사에서는 내가 이 말을 한다고 고마움을 표하는 것은 아니지만, 『작가의 시장』은 다른 어떤 책보다도 성공하는 데 있어서 꼭 필요한 책이다.

정기간행물을 분석함으로써 연습하라

만약 당신이 배선공을 부르려고 한다면 전화번호부의 사용법을 알아야 한다. 누군가에게 글을 쓰거나 전화를 하고자 한다면 그들의 주소나 전화번호를 찾아보는 법을 알아야 한다. 그리고 잡지에 글을 기고하고자 한다면 그 잡지사의 포맷과 기호 및 습관을 철저히 이해해야 한다. 이러한 정보를 얻기 위해서 당신은 『작가의 시장』을 사용하는 방법을 알아야만 한다.

이 연감에서는 당신이 기고하기를 원하는 정기간행물을 잘 찾도록 실제적인 도움을 주기 위해서 평범한 내용의 잡지에서 전문 잡지, 기존의 유명한 잡지에서 새로 창립한 잡지, 신앙 잡지와 일반 잡지 등 다양한 출판물의 견본을 수록했다.

이제 세계에서 가장 유명한 잡지로 꼽히는 《내셔널 지오그래픽》(*National Geographic*)으로 시작해 보자. 이 잡지는 국립지리학회(National Geographic Society)의 출판물로서 1890년대에 처음으로 출판되어 현재 천만 부 이상 발행되는 아주 친숙하면서 세계적인 잡지이다. 『작가의 시장』에는 부분적으로 다음과 같은 글이 적혀 있다.

"프리랜서들의 글을 약 50퍼센트 실음. 출판 경험이 있거나 기존의 작가들과 함께 일하는 것을 선호함. 하지만 해마다 소수의 새톱고 출판 경험이 없는 작가들과 함께 일하기도 함. … 《내셔널 지오그래픽》은 1인칭으로 일반적인 관심을 갖고 과학과 자연 역사, 탐험과 지리학적인 지역들에 대해 삽화가 있는 기사들을 비중 있게 담고 있음 … 자발적인 원고들의 출판 문의는 1퍼센트 이하로 제한함. 전화가 아닌 편지로 온 질문(500단어 정도)을 더 선호함. 기사를 편집장들(계약 작가들)에게 보내라. 원고는 보내지 말라. 질문서를 작성하기 전에 최근의 논쟁점을 연구하고, 도서관에 가서 '지오그래픽 색인'(Geographic

Index)을 검토하라. … 지난 10년 동안에 다루었던 지역이나 주제를 결코 다루지 말라."

휴우! 힘든 일 같다. 안 그런가? 거기에는 어떤 논쟁도 없다. 그러나 넘쳐나는 정보들이 어떻게 처리되는지 누가 성공할 것인지를 주목해 보라. 이제 이 잡지의 최신호를 들고 빨리 훑어 보라.

그 안에는 6개의 기사가 실려 있다. 하나는 십자군들이 사용했던 고대 도로를 최근에 답사한 기록을 기사화한 것이다. 두 번째는 셰이커교도(Shakers)라 불리는 종파의 역사와 여전히 그 신앙을 고수하고 있는 소수의 광신자들에 대한 최근 자료이다. 세 번째 기사는 지난 100년 동안 봉인되어 있었던 상자가 최근에 개봉되면서 그 안에 들어 있는 내용물을 기사화한 것이다. 두 개의 기사 역시 지리학적인 내용이다. 즉 말라위(Malawi) 지역과 히말라야 산맥(Himalayas)에서의 자연보호 노력에 대한 특별보고서이다. 마지막 기사는 자연 역사 영역에 대한 것으로 진딧물의 이상한 형태를 다루고 있다.

이 특별호의 어떤 기사들도 신인 작가들에 의해 쓰여진 것이 없었다. 여섯 개의 기사 중 두 개는 《내셔널 지오그래픽》의 스태프들이 조사해서 작성한 것이고, 나머지 네 개는 이전에 잡지에 기고해 본 경험이 있는 사람들이 쓴 것이다. 흥미롭게도 사진 저작권을 보면 이번 호에서는 《내셔널 지오그래픽》에 처음으로 사진을 낸 사진 작가들이 있음을 알 수 있다. 잡지 스태프들이 쓴 두 기사를 제외하면 나머지 기사는 2,500~6,500단어로 각각 15~30개의 사진을 함께 싣고 있다.

이제 스포츠와 관련된 잡지 《스킨 다이버》(Skin Diver)를 보도록 하자. 『작가의 시장』에서 알려 주는 이 잡지에 대한 정보는 다음과 같다. 《스킨 다이버》는 85퍼센트가 프리랜서들의 기사를 싣고 있으며, 그들은 "출판 경험이 없는 새로운 작가들과 함께 일하기를 원한다"고 한다. 우리에게 희망을 주는 말로 들리지 않는가? 또한 《스킨 다이버》는 "외국 및 국내 여행, 레크리에이션, 대양 탐험, 과학 보고서, 상업 목적의 수중 탐구 및 기술 발전" 분야에 대한 기사를 원한다. 보다 실제적이고 구체적인 충고는 다음 문장에 함축되어 있다. "연간 200종의 원고를 산다. 완성된 원고를 보낼 것. 길이는 300~2,000단어가 가능하나 1,200단어 정도가 가장 적당함."

《스킨 다이버》에 대한 개요는 잡지 스태프들이 쓴 칼럼과 특집 기사를 포함하지 않은 상태에서 30개의 다양한 기사가 실려 있다는 것을 보여 준다. 이제 이렇게 엄청난 기회가 주어진다는 사실과 기사들 중 50퍼센트만 스태프들이나 "기고 편집자들(일정한 원칙으로 잡지에 글을 쓰는 작가들)"이 썼다는 사실에 너무 흥분하지 말라. 이것은 약 15개의 기사를 프리랜서가 썼으며, 이 중 한 작가가 두 개를, 다른 작가가 세 개의 기사를 쓴 것이 포함되어 있다는 뜻이다.

서너 개 이야기가 1인칭 형식으로, 여행에 관한 기사는 저자를 밝히는 형식을 따른다. 우선 여행에 관한 기사는 장소에 대한 개요를, 그 다음에 그 장소의 매력적인 점과 함께 방문할 수 있는 다양한 수중 다이빙을 할 수 있는 장소를 조사한다. 끝으로 여행 준비와 숙박 시실을 소개하는 내용으로 기사를 마무리한다.

그 다음 우리는 기독교 출판물인 《현대적인 그리스도인의 양육》(*Christian Parenting Today*)을 볼 것이다. 이 잡지는 최근에 출간된 것이라 『작가의 시장』에는 실려 있지 않기 때문에 분석이 잡지 자체를 한 번 조사해 보는 것에 그칠 것이다.

이 잡지의 판권에는 "청탁하지 않은 원고도 접수함. 그러나 문의 편지를 선호함. … 반송용 봉투를 반드시 동봉할 것"이라고 쓰여 있다.

이 잡지에는 칼럼을 쓰는 사람은 8명이고, 23명 이상이 기고가 편집인들이다. 이 특별호는 14개의 특집 기사를 담고 있다.

대충 훑어보면 이 잡지에 실린 프리랜서 작가의 기사는 1,000~2,000단어 사이로 1,500단어 범위를 지키고 있다. 앞날이 촉망되는 기고자로서 당신에게 의미하는 바는 원고가 약 1,500단어로 주제를 적당히 다루고 있다면 분명히 채택될 가능성이 있다는 것이다.

이번 호를 주의 깊게 분석해 보면, 대충 다음과 같은 주제로 정리할 수 있다. "…에 관해 어린 자녀를 가르치기", "1인칭의 영감 있는 기사(난 …를 통해 하나님의 사랑을 배웠다)" 그리고 "자녀들을 위해 …선택하기."

이 잡지가 제시해 주는 또 다른 가능성은 500단어 이하의 짧은 기사라도 특별한 처방을 위한 방향이나 어린 자녀와 함께 하는 재미있는 계획 등을 담고 있으면 된다는 것이다.

『작가의 시장』에 실린 정보로부터 또한 이 출판물의 최신호를 검토함으로써 잡지의 어떤 '성격'을 이해할 수 있겠는가? 당신이 수많은 물건(이야기 아이디어)을 파는 판매원이라고 생각해 보라. 자신의 최대 능력을 발휘하여 당신의 원고가 어떤 필요에 적합하며 그 원고를 사는 사람(출판사 혹은 편집자)이 "이 기사는 우리에게 적합한 것 같군요"라고 말할 수 있는 형식으로 제시되어야 한다는 것을 명심해야 한다.

또 다른 예를 보도록 하자. 대부분의 사람들이 흥미를 갖고 있는 잡지인 《여행과 레저》(*Travel and Leisure*)는 어떨까? 나는 일부러 이 잡지를 선택했다. 왜냐하면 《내셔널 지오그래픽》을 검토한 후 당신이 느낀 절망감을 어느 정도 덜어 주고 싶었기 때문이다. 1백만 이상의 발행부수를 갖고 있는 이 잡지가 매우 까다롭고 어려운 잡지일 수 있고, 그래서 이 잡지를 슬쩍 피해 보려는 유혹을 받을 수도 있는 그런 잡지이다. 그러나 『작가의 시장』은 이 잡지에 대해 "80퍼센트가 프리랜서의 글. 일 년에 200줄의 원고를 사고 있음"이라고 말한다. 『작가의 시장』은 다음과 같은 간단한 충고를 덧붙이고 있다. "『여행과 레저』를 읽어 보라. 특정 지역란과 쉬어갈 만한 장소란이야말로 글로 써 보기에 최적이다."

얼마나 소중한 충고인가! 지역에 관한 난에는 각각 1,000단어로 세 개의 기사가 실려 있다. 이 기사들은 미국의 특정한 지역에 관한 여행 이야기이며, 그들의 관점에서는 매우 주목 받는 곳이다. 이런 기사를 써보면 어떨까? "잘 알려지지 않은 호수, 숙박 시설 가능!" 이와 같은 기사가 잡지에 실릴 수 있는 가장 중요한 요소는? 이전에 이런 기사가 받아들여진 적이 있었는가? 만약 그렇다면 최근에는 어떠한가?

또 다른 추천할 만한 난은 쉬어갈 만한 장소인데, 별로 흥미를 덜 가질 수도 있다. 최신호는 12개의 간단한(200~1,000단어) 제안이 실려 있는데, 각각의 기사는 어떤 도시 혹은 식당, 호텔에 관한 기사를 담고 있다.

끝으로 보다 잘 알려진 신앙 잡지인 월간 《무디》(Moody Monthly)를 보자. 『작가의 시장』은 우리에게 이 잡지에 대해 나음과 같은 정보를 주고 있다. 《무디》는 프리랜서의 글이 20퍼센트 실려 있고, 해마다 50종의 원고 중에서 기사를 고르기도 한다. 이 원고들은 "살아 있는 신앙인의 삶과 유머 그리고 개인 경험 등에 대한 방법론"이 대부분이다. 1인칭 기사에 대해서는 얼마나 구체적인 충고가 있는지 다음에 귀기울여 보라. 즉 "비신앙인들을 위해 쓴 독창적인 기사, 작가에 의해 쓰여진 개인적인 간증(우리는 '들은 대로' 받아들일 것이다) 등의 목적은 독자가 복음을 이해하고 그리스도를 자신의 구주로 영접하길 원하도록 하는 개인적인 글들." 이 분야에 있어서 《무디》는 해마다 30종의 원고를 사며 기사는 750~1,200단어로 작성되어야 한다.

검토된 최신호에는 124개의 기사가 담겨 있다. 하나는 개인 간증문이고, 두 개는 그리스도인의 '인격'에 대한 증거이고, 다른 하나는 실제 적용을 위한 성경공부이다. 대부분은 1,200단어 길이로 서술되어 있다.

뒤에 스타일, 문장 구조, 단어에 관한 구체적인 사항을 알아볼 것이다. 이제 출판물에 대해 감을 좀 잡겠는가? 당신이 들고 있는 잡지는 너무 대중적인가 아니면 독단적인가? 간단하며 직선적인가, 아니면 복잡하고 지적인가?

이제 6만 4천 달러짜리 질문을 하겠다. 당신은 최소한 다음 중 한 가지에 대한 기사를 찾을 수 있는가? "내가 그 기사를 쓸 수 있었는데," 혹은 좀더 좋게 "내가 그것에 대한 글을 훨씬 더 잘 쓸 수 있을 텐데, 왜냐하면 나는 …을 해 왔거든"이라고. 만약 그렇다면 축하한다! 자신을 기고가로 안다는 것은 실제로 기고가가 되는 중요한 첫걸음이다. 만일 그렇지 않다면 기고가가 되겠다는 다짐을 단단히 하라. 여하튼 당신이 가장 편하다고 느끼는 잡지 하나를 선택하라. 단, 주제가 마음에 든다는 이유로 잡지를 선택하지 말고 『작가의 시장』이 그 잡지에 대해 언급한 것, 즉 잡지가 요구하는 수준이 당신에게 부담이 되지 않는 잡지를 선택하라.

5장   연습문제

이제 당신 차례이다. 한 손에 잡지를 들고 『작가의 시장』을 아무 곳이나 펴라. 그리고 당신 혼자서 분석해 보라.

1. 작가의 이름들을 잡지 스태프들과 편집인들의 이름이 적힌 발행인란 목록과 비교해 보라. 프리랜서 글의 비율이 『작가의 시장』에 기재된 비율과 일치하는가?

2. 몇 개의 기사가 있는가? 서너 개 기사의 길이를 점검하라. 제시된 단어 수와 일치하는가?

3. 어떤 형태의 기사가 들어 있는가? 방법에 대한 것, 인터뷰, 묘사, 이야기 등등?

4. 1인칭으로 서술된 것이 있는가? 있다면 어떤 것이며 특징에 대해서 어떻게 설명하고 있는가?

5. 잡지에서 채택하고 있는 어떤 형태가 특정한 길이를 요구하는 듯이 보이는가?

6장 당신의 관심은 어디에 있는가?
What Are Your Interests?

이러므로 우리에게 구름같이 둘러싼 허다한 증인들이 있으니

히브리서 12:1

경험이 가미되지 않은 정보는 하찮고 쓸모 없는 것이 될 뿐이다.

클라렌스 데이(Clarence Day)

너무나 진부하여 새로운 이야기를 전혀 끌어낼 수 없다고 말할 수 있는 주제란 하나도 없다.

표도르 도스토예프스키(Fyodor Dostoyevski)

그는 내 생애 가운데 첫번째로 떠오르는 추억어린 인물이다. 그는 햇빛에 그을린 피부에 190cm가 넘는 거구에 비해 가냘픈 몸매를 가진 나의 증조부이다. 할아버지는 30년 전에 딸 자식 하나를 잃어버린 후 나를 '꼬마 빌리'라고 부르셨고, 양 어깨 위로 날 들어올려 목마를 태워 주시곤 했다. 그 때 다른 가족들은 우리 안에 있는 덩치 큰 금빛 말을 보며 감탄하면서 서 있었다. 할아버지께서 농장 쪽으로 산책하시는 동안 나는 할아버지의 어깨 위에 앉아 검지손가락으로 희끗한 머리카락을 말아 내 손가락이 빠져나가지 못하도록 단단히 잡고 있었다.

거의 40년이 지난 후에 어머니는 내가 그 날 일을 아주 정확하게 기억하고 있다는 사실에 놀라셨다. 그 때 나는 겨우 만 2살도 되지 않았었다. 말도 제대로 하지 못할 때였다. 그러나 나는 모든 것을 기억한다.

클리퍼라는 이름을 가진 말은 부드러운 코를 울타리의 난간에 바짝 갖다 대었다. 할아버지는 내 손을 그의 코에 갖다 대 주었다. 그 말은 부드럽게 소리를 내었다. 할아버지는 아버지가 서 계신 담장 위에 날 앉히고 클리퍼와 함께 재주를 부리셨다. 단번에 클리퍼는 고개를 끄덕이며 인사를 했다. 클리퍼는 한참 동안 앞발로 땅을 할퀴었다. 그 다음 할아버지는 주머니에서 빨강 손수건을 꺼내어 깃발인 양 흔들었다.

그러자, 마술을 부리듯 할아버지는 다시 한 번 내게로 와서 공중으로 날 들어올리시더니 클리퍼의 부드러운 등 위에 내려놓으셨다. 나는 무섭지 않았다. 오히려 클리퍼의 등에서 내려오고 싶지 않았다. 클리퍼와 나는 농장을 계속 돌았고, 마침내 할아버지가 나를 내려놓자 나는 다시 클리퍼를 타겠다고 울었다.

지금 그 때를 돌이켜볼 때, 비록 그 첫번째 추억이라도 되듯이 내가 기억해내는 모든 것 가운데 이 장면이 가장 인상적이다. 헛간 냄새에서부터 사육용 개가 축축하게 핥는 모습에 이르기까지 이 모든 것들은 나의 인생을 이끌어 어른으로, 부모로, 작가가 되게 해 주었다.

읽기를 배우기 전에 엄마는 말에 관한 책들은 거의 모두 읽어 주셨다. 그 중에서 『아름다운 흑마』(Black Beauty)의 이야기에 경이감을 느꼈으며, 『흑마』(The Black Stallion)의 이야기에 넋을 잃을 정도로 매료되었다. 그 이후 루이스 라모르와 같은 작가들은 내 인생에 큰 영향을 미쳤다. 그리고 존 웨인과 존 포드 감독은 토요일 낮에 무대에 오르는 연극으로서는 내가 가장 좋아하는 사람들이었다.

루이스 라모르와 함께 커피를 마시거나 존 웨인과 마주 앉아 '흘러간 좋은 시절'의 추억 중에서 몇 가지 이야기를 나누며 함께 웃던 그날을 결코 잊을 수 없다. 그들은 훌륭한 사람들이었다. 정말로 위대하고 멋진 사람들이었다. 그들에 대한 추억은 향긋한 건초더미와 말의 부드러운 등에 대한 향수에 뿌리박고 있었다. 그들은 서부에 대한 짙은 향수를 불러 일으켰고, 그들의 일과 삶에 그대로 투영되었다.

그런 것들이 내 발걸음을 존 웨인 엔터프라이즈의 사무실로 옮겨 놓은 것은 놀랄 만한 일이었지만, 어린 작가로서 나는 현명하게 자신의 관심사를 쫓아갔었다. 나는 《말》(Horse) 잡지에 글을 쓰고 있었다. 타자기 앞에 앉아 있지 않으면 말등에 앉아 있곤 했었다. 요즘도 좀 쉬고 싶을 때가 뇌면 말에 관한 잡지를 발행하는 출판사들 중의 히나를 선택해 편집장에게 전화를 걸어 내게 흥미를 주는 기사를 쓰곤 한다.

서부. 내가 시작한 곳이고 시작에서부터 나는 전혀 방황하지 않았다는 것을 알고 있다.

내 이야기의 요점은 간단하다. 하나님께서는 우리 개개인의 마음속에 독특하고 고유한 추억들과 생각들을 심어 주신다. 당신의 관심사를 통하여 하나님께서는 너무나 만나기를 고대했던 사람들에 관해 글을 쓸 수 있도록 대로를 열어 주신다. 당신에게 가장 즐거운 추억이 무엇인지 자신에게 질문해 보라. 그것이 무엇이든지 간에 틀림없이 그 주제를 다루는 잡지가 있을 것이다. 그것에 대해 써 보는 것이 어떨까?

작가로서 당신의 소망이 무엇이든지 간에 주님의 마음을 따라 행하라. 현재의 당신이 있게 해 준 추억과 경험들의 독특한 점을 자세히 조사해 보라. 그런 다음 그러한 관심사들 중 어떤 것이 지속적으로 자신의 흥미를 끌 수 있으며, 하나님 나라를 위해 글로 표현할 수 있는지 자문해 보라.

아주 어렸을 때부터 나는 말을 무척 좋아했다. 그래서 나는 《말》 잡지에 글을 쓰기 시작했다. 그리고 그들이 말하듯이 그 잡지의 나머지 부분은 역사이다.

바로 지금 책상 앞에 앉아 당신이 관심을 가지는 것들을 모두 적어 목록을 만들어 보라. 비록 세속적이고 덜 중요해도 당신이 좋아하는 것을 모두 적어 보라. 결국 하나님께서는 당신의 삶 중에서 가장 세밀한 부분까지도 관심을 갖고 계신다. 하나님께서는 그분의 일을 하시기 위해서 당신이 사소하고 중요하지 않다고 생각하는 것을 사용하실 수도 있다.

당신의 관심을 목록으로 만들었다면 이제 신문 판매대로 가야 할 시간이 되었다.

주제 선택―광범위한 계획

집 근처에 있는 가게에 들러 신문 가판대 앞에서 잠시 동안 서서 살펴보라. 가장 먼저 눈에 들어오는 것은 무엇인가? 손님들의 관심을 끌려고 경쟁하는 수많은 출판물들이다. 그 곳에 70여 개 다양한 제목의 출판물들이 있다. 그리고 결코 큰 가판대도 아니고 특별하게 구색을 갖춰 놓은 책방도 아니었다.

그 다음날 나는 공항 신문 카운터에 전시해 놓은 것을 보고 그 곳에는 40여 개의 출판물이 있었는데, 여기에 있는 대부분의 출판물은 내가 그 전날 신문 가판대에서 본 출판물들과는 전혀 다른 것들이었다. 또 다른 곳으로 가서 이번에는 모든 출판물을 제대로 갖추고 있으며 대형 잡지 코너가 따로 있는 책방에 들렀는데, 그 곳에는 100여 개의 다양한 정기간행물이 있었다!

당신이 동네 잡지 판매대를 점검해 본다면 두 번째로 깨닫게 될 것은 시시각각으로 특정 분야에 대한 출판물들이 있다는 점이다. "부모 역할과 가정 생활"에 관한 주제를 예로 들어 보자. 우리 동네의 한 가게에는 이 지역 사회와 관련 있는 출판물들을 8개 정도 구비하고 있었고, 이것은 계산대 앞에 놓인 잡지들을 포함하지 않은 숫자이다. 사냥에 관한 잡지가 두 종, 사진에 관한 잡지가 두 종, 네 종는 컴퓨터에 관한 것(특히 재택 근무용 컴퓨터 분야를 다루는 것 하나를 포함한 것임), 자동 고객관리와 경주에 관한 잡지가 10여 개 정도 되었다.

일반적인 스포츠 잡지 이외에도 달리기와 수영 그리고 스키와 스킨 다이빙 및 골프에 관한 잡지들이 있었다. 일반적인 건강 잡지말고도 영양, 운동, 에어로빅과 장수에 관한 잡지들도 있었다. 당신은 방향을 잡을 준비가 되었는가? 출판을 위한 엄청난 기회들이 기다리고 있을 뿐만 아니라 당신이 이미 소유하고 있는 취미와 흥미에 부합되는 서너 개의 정기 간행물들이 있다. 정말로 멋진 일이 아닌가?

지금 당신이 잡지 판매대를 살펴본 후 대답해야 하는 가장 중요한 질문은 '내가 어떻게 출판될 만한 글을 쓸 수 있겠는가?'가 아니라 '이러한 잡지들 중 지쳐 있는 편집자들이 내게서 가장 듣고 싶어하는 주제는 무엇일까?'이다.

6장 연습문제

1. 당신이 관심을 가지고 있거나 관련을 맺고 있는 주제를 다루는 잡지 혹은 그 잡지에서 다루고 있는 주제에 대해 용어를 조금이라도 알고 있는 잡지를 세 개 정도 선택하라. 그 잡지에 대해 당신이 말하고 싶은 것은 무엇인가?

2. 어떤 스포츠에 관심을 갖고 참여하는가? 요리를 하거나 바느질을 할 수 있는가? 여행이나 캠프를 한 적은? 당신이 살고 있는 동네는 어떠한가? 아마도 당신이 살고 있는 지역을 다룬 지역 잡지도 있을 것이다. 당신이 관심 있는 한 분야에 집중하도록 하라. 그러나 만약 자신이 어떤 분야에 관심이 있는지를 확실히 알지 못한다면, 세 개 정도의 주제를 선택하여 어떤 주제가 당신에게 가장 흥미를 주는가를 알아보기 위해 적절한 잡지들을 검토해 보라.

예: 나는 수년 간 서너 마리의 말을 갖고 있었으며, 그래서 말에 대해 관심이 있다. 신문 가판대에서 나는 《기수》(*Horseman Magazine*)와 《서부의 기수》(*Western Horseman*)를 찾는다. 그러고는 『작가의 시장』에서 전자의 잡지가 140,000부 정도 발행되었으며, 1년에 100여 개 기사들을 산다는 것을 알았다. 그리고 약 60퍼센트 이상의 기사가 프리랜서에 의한 것임이 밝혀져 있었다. 후자의 잡지에 대해서는 "매년 신인(출판 경험이 없는) 작가들 몇몇과 일하고 싶다"라는 내용과 발행 부수가 162,369부임이 적혀 있었다.

예: 나는 조경 공사와 정원 가꾸는 일에 특별한 재능을 갖고 있는 듯이 보인다. 이것에 대한 잡지 시장은 있는가? 물론이다! 《더 나은 집과 정원》(Better Home and Gardens; 10~15퍼센트가 프리랜서의 글)이나 《꽃과 정원》(*Flower and Garden Magazine*; 50퍼센트가 프리랜서의 글

이며, 일년에 20~30개의 원고를 산다)이나 혹은 《국립공원 가꾸기》 (*National Gardening*; 85퍼센트가 프리랜서의 글이며, 일년에 80~100여 개 원고를 산다)는 어떻겠는가?

예: 내 이웃집 사람은 프로 축구선수이며 독실한 기독교인이다. 잡지의 기사를 쓰기 위해 내가 그와 인터뷰를 할 수 있을까? 월간 《무디》(20퍼센트가 프리랜서의 글이다), 《크리스처니티 투데이》(*Christianity Today*; 80퍼센트가 프리랜서의 글이다) 혹은 《가이드포스트》(*Guideposts*; 30퍼센트가 프리랜서의 글이다)는 어떻겠는가?

3. 각각의 잡지에 대해서 『작가의 시장』에서 자문을 구하고 필요한 목록을 작성하면서 간단한 메모를 할 수 있다. 각각의 잡지 내용에 있어서 기고가들은 누구이며 프리랜서의 글들은 어떤 성격을 갖고서 어떤 스타일로 어느 정도의 길이로 기사를 쓰고 있는가를 분석하도록 하라.

7장 6하 원칙으로 기사를 써라
W, W, W, W, W, and H

태초에 말씀이 계시니라….

요한복음 1:1

만약 매일 두세 개의 기사를 써야만 하는 신문사에서 일하고 있다면, 6개월 뒤에 당신은 보다 훌륭한 작가가 될 수 있다. 반드시 글을 잘 쓸 필요가 없을지도 모른다. 왜냐하면 필요한 스타일은 여전히 평범하고 정신이 없으며 상투적인 문구로 가득찬 것이기 때문이다. 그러나 최소한 당신이 자신감을 깊고 사소한 문제점들을 상술하면서 글을 종이에 옮긴다면 당신의 능력을 연습할 수 있는 기회를 갖게 되는 셈이 될 수 있다.

모든 글쓰기는 궁극적으로 문제를 해결하는 과정과 같다. 그것은 사실을 어디에서 얻으며 혹은 자료들을 조직화하는 방법에 대한 문제일 수도 있다. 그것은 접근 방법이나 태도의 문제 혹은 음조나 스타일의 문제일 수도 있다. 그것이 무엇이든지 간에 직면하여 해결해야 하는 것이다.

윌리엄 진저(William Zinsser)

내 관심은 온통 젤로(Jell-o; 젤리 과자의 일종)를 향해 있었다. 자동차 열쇠가 목적지를 말해 주기라도 하는 것처럼 나는 오래된 차인 스미스-코로니에 앉아 열쇠를 쳐다 보고 있었다. 종이 한 장이 차 안에서 너무나 오랫동안 굴러 다녔기 때문에 이제는 구깃구깃 구겨진 채로 있었다. 이것은 작가의 난관이었다.

다른 기자들은 이미 아침 업무를 끝낸 상태였다. 담배 연기의 푸른 아지랑이가 전투 후의 포연처럼 사무실 안을 감돌았다. 매일 벌어지는 말의 전쟁에서 나만이 유일한 사상자라는 생각이 들었다. 어디에서부터 시작해야 하는가?

사무실을 향해 걸어오는 발걸음 소리에 나는 고개를 들었다. 지역 기사 편집장(City Editor)이었다. 책상 아래로 숨기에는 너무 늦은 것일까? 그의 일그러진 얼굴은 얼어붙은 내 심장을 도려내고 있었다. 내 입술은 "안녕하세요, 에디?"라는 말만 했을 뿐이다.

여전히 찌푸린 얼굴을 한 에디는 손가락으로 책상 위의 종이를 두들기면서 말했다. "무슨 일 있는 거야? 이봐, 당신도 슬럼프에 빠진 거야?"

나는 고개를 끄덕였다. 실제로 베를린 장벽보다 더한 난관에 봉착한 것이었다. 모든 작가들이 직면하게 되는 철의 장막. "어디서부터 시작해야 할지 모르겠어요"라고 조용히 말했다.

"어떤 사람이 되고 싶어서 그래? 헤밍웨이? 그렇다면 이미 기사를 썼어야지."

"하지만…."

"학교에서는 당신 같은 애송이들에게 아무 것도 가르쳐 주지 않았나?" 그는 으르렁거렸고 모든 신문방송학과가 못마땅하다는 듯이 입술을 삐죽 내밀었다. "제기랄! 기본 원칙이 없다면 최고의 작가도 아무

쓸모가 없단 말이야. 기본 원칙 말이야! 원칙이야말로 언어를 캄캄한 저장고 밖으로 끄집어 낼 수 있는 열쇠야. 이곳에서 한 번씩 난관에 부딪히지 않은 기자는 아무도 없어. 기본 원칙! 이것이 바로 당신이 돌아갈 수 있는 제대로 된 길이라고!' 이렇게 말하고 에디는 성큼성큼 나갔고 아련히 떠오르는 마감 시간과 간결한 충고만이 남아 있었다.

그 짧은 시간 동안에 저널리즘의 기본 원칙이 무엇인지 머리 속으로 생각해 보았다. 그것은 6하 원칙으로 주요 기사의 문단 요소이다. 처음 문장은 (1) 진술, (2) 인용, (3) 질문 혹은 (4) 묘사로 시작하라.

잠시 후 나는 타이핑을 하기 시작했다. (나는 진술로 줄거리를 써 나가기 시작했다). 에디가 문 밖으로 나가기 전에 이미 첫 문장을 썼다. 그 퉁명스러운 늙은 불독이 내게 "잘했군"이라는 말을 하기라도 한 것처럼 그를 쳐다보고 어깨를 으쓱해 하면서 잠시 머뭇거렸다. 그 뒤 그는 휴게실을 향해 떠났고 나는 글을 쓰기 시작했다.

그가 돌아왔을 때, 아홉 줄짜리 칼럼을 그의 책상 위에 올려 두었다. 확실히 머릿기사 문단은 6하 원칙에 의해 작성되었다. 그것은 고전적인 역삼각형 스타일이었고 마감 시간까지는 6분의 여유까지 남아 있었다.

에디는 1분 30초만에 그 글을 살펴보고는 곧장 편집실로 보냈다. 그 신문이 지금은 먼지 쌓인 공문서 기록보관실에 묻혀 있지만, 그날 뉴스 편집실에서의 경험으로부터 배운 교훈은 내가 글을 쓰기 위해 책상머리에 앉을 때마다 기억난다.

내가 항상 작가 세미나에서 받게 되는 질문은 이런 것이다. "4달 안에 700쪽에 달하는 원고를 쓰는 것이 어떻게 가능합니까?"

대답은 늘 똑같다.

"나는 저널리스트입니다."

내 태도가 지나치게 공개적이지 못하다고 비난하기 전에 좀더 설명을 하겠다. 신문 기자는 때로 두 개 이상의 기사를 작성한다. 하나의 기사가 적어도 5쪽에 달한다고 할 때 매일 10쪽 이상의 글을 쓰게 되는 셈이다. 만약 한 명의 기자가 한 달에 20일을 일한다고 할 때 그 기자는 매달 200쪽의 글을 쓰게 된다. 그 숫자에 4개월을 곱하면 결국 800쪽의 글을 쓰게 된다는 결론에 이른다. 이것은 평범한 뉴스 저널리스트가 나의 실력을 능가한다는 것을 말해 준다.

이 이야기를 통해 당신이 알아야 하는 것은 글쓰기를 단순히 소망하는 수준을 뛰어넘을 수 있도록 하는 신비스러운 비밀은 전혀 없다는 점이다. 글쓰기에 성공하기 위해서 알아야 할 것은 오직 저널리즘의 기본 원칙에서 찾을 수 있다. 그리고 이것들은 내가 7학년인 아들에게 성공적으로 가르쳐 온 유일한 기술이기도 하다.

어쨌든 당신은 작가가 되길 원하는가? 그렇다면 당신의 출발점은 다름 아닌 바로 기본 원칙이다.

내게 처음으로 6하 원칙을 가르쳐 주신 분은 7학년 때의 저널리즘 담당이신 슐러(Schuler) 선생님이시다.

"여러분이 작가가 되고 싶다면, 다음의 6가지 질문에 답하는 법을 배워야 합니다!" 그 늙고 심술궂은 선생님은 칠판에 6하 원칙을 쓰셨다.

누가?
언제?
무엇을?
어디서?
왜?
어떻게?

모든 글은 이 여섯 가지 질문으로 시작해서 독자에게 답을 주는 것이다. 훌륭한 글쓰기란 오직 기본 원칙을 지키는 것이며 그것을 이해하는 것이다.

잡지 하나를 고르라. 그 기사들을 쭉 훑어보라. 각각의 기사 속에는 이러한 6가지 질문에 대한 답이 있을 것이다. 어떤 기사는 누가를 더욱 강조했을 수도 있고, 또 어떤 기사는 무엇이나 왜, 어떻게에 비중을 두고 그 특별한 이야기를 서술했을 것이다. 그러나 내가 7학년 때 외운 여섯 개의 질문은 모든 글쓰기의 가장 기본이다.

이러한 6하 원칙은 당신의 모든 인터뷰와 출판을 위해 써야 하는 기사에 가장 기본이다. 소설을 쓰고자 한다면 이 사소한 6하 원칙이 이야기의 줄거리를 전개하는 데 필수적임을 알게 될 것이다. 만약 당신이 교회나 학교 앞으로 보내는 주간 소식지를 활용하여 글을 쓰고자 할 때, 상당히 많은 자료들이 6하 원칙의 구조와 관련이 있다는 사실에 놀라게 될 것이다.

이것을 염두에 두고서 당신에게 비밀 하나를 말해 주겠다. 그것은 다름 아닌 '하나님은 저널리스트이시다' 라는 것이다. 그분은 독자들을 위해 이러한 여섯 가지 질문에 답하는 것의 중요성을 강조하신 최초의 선생님이시다.

내 말을 못 믿겠단 말인가? 내가 너무 지나친 생각을 하고 있다고 여기는가? 그렇다면 재미삼아 요한복음의 처음 몇 구절을 통해 그 구조를 보도록 하자. 성경을 펴고 다음에 적힌 구절에서 단어나 구로 각각의 질문에 대한 답변을 해 보라.

요한복음 1:1
1. 언제?

2. 누가?

3. 어디서?

요한 복음 1:4
4. 무엇을?

요한 복음 1:7
5. 왜?

요한 복음 1:12
6. 어떻게?

계속해서 우리는 성경을 통해 여섯 개의 기본적인 질문에 대한 답이 명확하게 서술되어 있다는 것을 알 수 있다. 그리고 이러한 질문은 우리의 가슴에 깊숙이 와 닿는 말씀이 된다는 것을 이해하게 된다. 수백 가지의 다양한 방법들로 쓰여진 이러한 질문과 해답들은 쓰여진 언어를 통해 수천 년 이상 수백만 명의 영혼을 감동시켜 왔다.

언제? 태초에…
누가? 말씀이…
어디서? 하나님과 함께 계셨으니…
무엇을? 그 안에 생명이 있었으니 이 생명은 사람들의 빛이라…
왜? 모든 사람이 자기로 말미암아 믿게 하려 함이라…
어떻게? 영접하는 자 곧 그 이름을 믿는 자들에게 하나님의 자녀가 되는 권세를 주셨으니…

질문으로 가득 찬 세상에서 예수 그리스도는 모든 사람들의 마음에 있는 여섯 가지 질문에 대한 대답 그 자체가 되신다. 저널리즘의 기본 원칙에 관해서도 단순하고도 간단한 해답이 되신다.

씌어진 글을 통해 하나님의 사랑을 나눠 주는 명예를 맡은 우리들에게 있어서, 예수님의 제일 되는 저널리즘 법칙 즉 위대한 진리는 간단한 방법으로 가르쳐야 한다는 것을 명심해야 한다. 그리고 만약 말씀이신 예수님께서 성경의 뼈대로서 6하 원칙을 사용하셨다면 아마도 우리는 이것에 더욱 주의를 기울여야 마땅하다.

당신은 여행 잡지나 사소한 출판물 혹은 타블로이드판에 글을 쓸 수 있다. 당신의 주제는 허리케인에서 살아남은 사람이나 치명적인 병마에 맞서 영웅적인 투쟁을 한 어린이의 이야기일 수 있다. 당신이 무엇을 쓰든지 간에 글에 가장 기본이 되는 것은 6하 원칙이라는 사실을 잊어서는 안 되며, 당신이 6하 원칙으로 글을 쓸 때에만 출판할 수 있는 세련되고 가치 있는 기사를 쓰게 된다.

8장 글쓰기의 뼈대부터 세워라
Turkey Carcass Writing

신실한 증인은 거짓말을 아니 하여도 거짓 증인은 거짓말을 뱉느니라.

잠언 14:5

말이란 사전에 쓰여 있을 때에는 가치 중립적으로 아무런 힘을 발휘하지 못하나, 그것을 사용하는 법을 잘 아는 사람의 손에 있게 되면 잠재된 선악간의 구별이 분명하게 드러나게 된다.

나다니엘 호손(Nathaniel Hawthorne)

문학은 한 번 더 읽고 싶은 작품을 쓰는 예술이며, 저널리즘은 단번에 이해할 수 있도록 표현되어야 한다.

시릴 코널리(Cyril Connolly)

내가 16살 때부터 신문에 기사를 쓰기 시작했다는 사실은 많은 것을 말해 주고 있다. 내 생각으로는 지나칠 정도로 많은 것을 말이다. 나는 신인 작가들 중에서도 가장 어렸다. 그야말로 '애송이' 였다. 그 당시 나는 스스로에 대해 ·대단하다고 생각했지만 사실은 인치당으로 원고료를 받는 수준이었을 뿐이다. 내 기사가 인쇄될 경우 인치당 겨우 50센트가 내 손에 주어졌다.

지금 생각해 보면 웃음이 나오지만, 내가 쓴 기사가 편집장의 손으로 넘겨져 '편집'을 시작할 때까지 그것을 지켜보지 않으려고 애썼던 기억이 떠오른다. 실제로 그것은 아버지가 칠면조를 잡는 모습을 지켜보는 것과 아주 유사했다. 날개가 떼어져 나오고 다리 부분과 흰 살코기 부분이 찢겨지게 되면, 칠면조는 살점이 하나도 붙어 있지 않은 뼈들만 남게 된다. 그 모습은 남은 여백을 억지로 채워서 끝내버린 원고들처럼 앙상하게 뼈대만 남았다.

"무슨 일이라도 있니?" 버그가 내게 물었다.

"아, 아무것도 아니에요. 전 12달러에서 6달러로 줄어든 급료 명세서를 쳐다보고 있을 뿐이에요."

"황소 경주처럼 남북 고등학교간의 대항을 보도한 기사는 훌륭했어. 안타깝게도 오늘 지면이 부족해서 기사가 쓰레기통에 던져지긴 했지만."

"저도 알아요. 역삼각형 구조 말이죠?"

"역삼각형. 그래 맞아. 너와 같은 객원기자들에게는 그것이 치명적이지."

글쓰기에 있어서 역삼각형 스타일은 정말로 빈약한 내 급료 명세서에 치명적이었고 그것은 그 때뿐 아니라 지금도 여전히 그러하다. 이 역삼각형 스타일은 신문의 제한된 지면에 적합하도록 이야기의 이곳

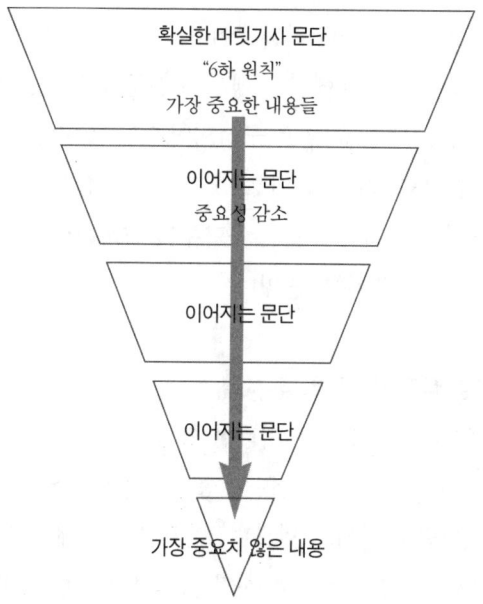

저곳을 쉽게 잘라 내는 역할을 했다.

이것은 작가로 하여금 '확실한 머릿기사' 문단으로 불리는 가장 첫 분단에서 포괄적이고 가장 일반직인 내용을 쓰도록 한다. 그리고 이 간 단하지만 포괄적인 문장은 6하 원칙에 의해 서술되어야 한다.

확실한 머리 기사에 이어서 나오는 문단들은 이야기를 구성하는 세 부적인 내용들을 담고 있어야 한다. 즉, 눈으로 목격한 증인들의 이야 기나 총격전에 대한 묘사 혹은 각국 지도자들의 고위급 회담에 대한 자 세한 내용이 있어야 한다. 이러한 모든 정보가 중요할 수도 있지만, 만 약 신문에 광고나 부가적인 내용을 더 많이 실어야 한다면 신문의 여백 에 알맞게 삭감될 수도 있다.

편집자는 기사의 마지막 부분부터 시작해서 주요 기사에 이어지는 문단들을 자르기 시작한다. 종종 마지막으로 남게 되는 것은 꼭 필요한 사실을 담고 있는 주요 문단 하나뿐이다.

당신이 살고 있는 지역에서 발행되는 신문의 앞면을 보라. 거의 모든 이야기가 역삼각형 스타일로 구성되어 있을 것이다.

뉴스 기사를 그림으로 나타내 보면 반드시 역삼각형 모양과 같게 된다. 편집자는 가장 마지막에 있는 문단부터 시작하여 윗 방향으로 역삼각형의 줄거리를 쉽게 자를 수 있다.

당신의 재능 익히기—기본 요소들

당신이 매일 대하는 신문은 이러한 형태의 글쓰기에 있어서 가장 좋은 교재이다. 신문에 흔히 등장하는 상투적인 표현은 독자들의 주목을 끌기에 충분한 힘을 가지고 있으며, 던져진 주제에 관심을 보이는 사람들은 계속 읽어가면서 충분히 시간을 투자할 만한 가치가 있음을 알게 되리라는 잭 웹 접근법(Jack Webb Treatment)의 가르침처럼 그 후로도 첫 호기심을 끝까지 만족시킬 것이다.

이것이 바로 가장 순수한 형태의 저널리즘이다. 나는 이것을 "글쓰기의 뼈대 세우기"라고 부른다. 왜냐하면 그러지 않고 그저 멋있게만 보이고 과시하거나 우쭐대기 위해 그럴듯하게 쓴 이야기는 전부 속 빈 강정과 같다.

글쓰기 스타일이 때때로 고통스러울지라도 반드시 이해하고 습득해야 하는 본질적인 것이다. 확실한 머리 기사 뉴스의 몇 줄이 유익하고 흥미로울 때 당신은 바로 훌륭한 재주꾼의 기질을 지녔다고 할 수 있다.

8장 연습문제

신문을 하나 사라. 세계적으로 유명해서 엄청난 발행 부수를 갖고 있는 신문이든 혹은 소박한 지역 신문이든 그런 것은 중요하지 않다.

1. 1면부터 시작해서 각 기사가 시작하는 문단을 분석해 보라.

2. 6하 원칙을 포함하는 확고한 머릿기사 문단에 동그라미를 하라.

3. 당신이 동그라미를 한 각 문단 옆에 6하 원칙에 해당하는 답을 써서 목록을 만들어 보라.

4. 역삼각형으로 서술된 뉴스 기사 하나를 선택하라. 마지막 문단에서부터 시작해서 이야기를 절반으로 줄여 보라. 그 다음 정말로 중요한 세부 사항이 삭제되었는가 확인해 보라.

5. 이미니의 생신에 대한 글을 6하 원칙에 맞게 확고한 머릿기사가 포함된 문단으로 작성해 보라.

9장 하나의 주제만 골라서 써라
Pick One and Write!

너희 속에 있는 소망에 관한 이유를 묻는 자에게는 대답할 것을 항상 예비하되 온유와 두려움으로 하고

베드로전서 3:15

니는 항상 첫 문장을 잘 썼지만 나머지 문장을 쓸 때는 고생했다.

몰리에르(Moliere)

어떤 기사든지 가장 중요한 문장은 첫 문장이다. 만약 첫 문장을 읽은 독자가 두 번째 문장을 읽지 않는다면, 당신의 기사는 죽은 것이다. 그리고 만약 독자가 두 번째 문장을 읽은 후 세 번째 문장을 읽지 않는다면, 그것 역시 죽은 것이다. 계속되는 문장으로 독자를 완전하게 사로잡고서야 비로소 독자를 끌어당길 수 있는 작가가 되어 결정적인 부분인 '머리 기사'를 쓸 수 있다.

윌리엄 진저(William Zinsser)

몇 년 간 나는 내가 기억할 수 있는 것 이상으로 뼈대를 세워서 글쓰기를 하려고 애를 썼다. 오래된 잡지 기사들을 분류하면서 "알프알파(Alfalfa), 가뭄 그리고 당신의 사료 비용" 이라고 제목 붙여진 기사를 실례로 찾았다. 저널리즘의 기본 원칙과 확실한 머릿기사, 역삼각형 스타일, 그리고 실제 작업을 할 때의 기술. 틀림없이 몇 명의 흥미 있는 목장주들은 눈에 띄는 이 제목에 주의했고 모든 내용을 순식간에 읽어 나갔을 것이다!

이 이야기와 함께 내게 기억나는 것은 급료 명세서이다. 그 당시 나는 임신중이었는데, 우편함에서 봉투를 꺼내 남편에게 보여 주려고 뒤뚱거리며 들뜬 마음으로 걸어갔다. 우리는 외식하러 나갔고 난 내가 쓴 기사와 원고료에 무척 만족해 했다.

그 당시 우리는 경제적으로 어려웠다. 브룩은 학생 신분으로 학생들을 가르치면서 아르바이트를 했다. 그리고 고장이 잦은 9년 된 차가 우리에게 있었다. 그러므로 75불짜리 수표는 우리에게 있어서 대단한 것이었다.

그리고 이 모든 것이 6하 원칙의 덕분임을 알았다. 확실한 머릿기사. 역삼각형. 이 간단한 지식은 갓 결혼한 신부의 힘겨운 시절들을 견디도록 해 주었다. 나는 쓰고 또 쓰면서 그 기사를 팔았다. 어떤 환상이나 극적인 사건도 없었다. 단지 기본적인 뉴스 기사들, 고기와 감자, 그리고 수많은 칠면조 뼈다귀들!

이 당시에는 뉴스 기사 외에 다른 글도 잘 쓰게 되었다. 나는 TV 상자에 대한 첫번째 연극 대본을 평범한 문체로 써 나갔다.

그것은 코미디였는데 관객들이 적절한 때에 웃어 줄까 걱정이 되었다. 극장 뒤에 앉아서 내 글들이 살아 움직이는 모습을 지켜 보는 일은 나의 20년 생애에 있어서 최고로 중요한 순간이었다!

내가 쓴 수필에 '진부함'이라고 갈겨 쓰시던 선생님들은 이제 나에게 가장 장래가 촉망되는 학생이라고 말했다. 그들은 거짓말을 하고 있었다. 나는 형편없는 학생이었고 그들의 삶을 끔찍하게 만든 장본인이었다. 하지만 내 원고가 상연되었을 때 이 모든 것은 용서되었다.

나는 이 작품을 경연 대회에 접수했다. 수표가 우편으로 도착했다. 브록과 나는 전율을 느꼈다. 그 돈으로 우리는 차를 수리했고 켄터키 후라이드 치킨을 먹었으며 야외 극장에도 갔다.

나는 또 다른 각본을 썼다.

대부분의 경우에 있어서 글쓰기는 외로운 작업이며 상당히 인정받기 어렵다. 19년이 지난 지금에도 여전히 어떤 전문적인 영역의 경험도 살아 있는 청중이 나의 작품에 갈채를 보내는 소리를 듣는 것만큼 짜릿한 것은 없다고 믿고 있다. 리허설을 보고 청중의 즐거움을 느끼는 시간들은 마치 하나님께서 어깨를 토닥거리시며 내게 필요한 칭찬을 하시는 것과 같다. 그분이 나를 보고 고개를 끄덕이시며 용기를 북돋워 주실 때 나는 다른 일도 할 수 있게 된다.

그 후로 나는 독자적인 시장을 확보했고 여러 다양한 잡지사와 계약을 맺었다. 저널리즘의 기본 원칙과 관련된 것들, 인터뷰, 사람들의 관심사, 기사와 직설적인 뉴스의 작성법들. 이것들은 내게 돈을 벌게 해 주었을 뿐만 아니라 그 외의 다른 것들도 주었다.

수많은 출판사로 손을 뻗친 것은 뼈대를 세워서 써야 하는 줄에서부터 덜 딱딱한 구조에 이르기까지 확실한 머릿기사로부터 부드러운 머릿기사에 이르기까지 글을 쓸 수 있는 기회를 갖게 되었음을 의미한다.

내가 '부드러운(soft)' 기사라고 말한 이유는 그 기사가 한 무더기의 골치 아픈 내용으로 독자의 머리를 짓누르지 않기 때문이다. 부드러운 머릿기사가 오히려 강한 관심을 모으는 한편, 독자를 보다 부드럽게 이야기 속으로 빠져들게 한다.

　부드러운 머릿사는 대부분 잡지 글쓰기에 사용되며, 다음의 네 가지 방법 중 한 가지로 시작할 수 있다.

　1. 질문: "샌프란시스코에 지진이 일어났을 때 당신은 어디에 있었습니까?"

　2. 인용: "그런 일이 발생한 것을 믿을 수 없습니다." 알리시아 토마스(Alicia Thomas)는 조용히 말했다. "우리가 오클라호마로 돌아가는 고속도로를 달리고 있을 때 도로가 흔들리기 시작했습니다! 백미러로 살펴보니 차도 전체가 붕괴되고 있었습니다."

　3. 묘사: "촛대공원(Candlestick Park) 아래의 지면이 흔들리기 시작했습니다. 많은 사람들은 놀라서 두려움에 떨고 있었습니다. 콘크리트에 금이 가기 시작했고 두꺼운 콘크리트 조각들이 빗발처럼 쏟아질 때 사람들은 의자 밑에 머리를 박고 숨기 위해 애를 썼습니다."

　4. 진술: "그 날 샌프란시스코에 있었던 어떤 누구도 1989년에 발생했던 거대한 지진의 끔직한 위력을 잊을 수 없을 것입니다."

　질문 … 인용 … 묘사 … 진술

　잠시 동안 이 네 가지 단어를 암기하고 나면, "내가 어디에서부터 시작해야 할까?"라고 절규해야만 하는 막막함을 다시는 경험하지 않아도 된다.

　하나를 고르라. 네 개 중 하나면 충분하다. 동전을 던져서 결정해도 좋다. 중요한 것은 당신이 잡지 기사나 간단한 이야기나 소설을 쓸 때 어떻게 시작해야 할지 몰라서 당황해할 필요가 결코 없다는 점이다. 그저 하나를 선택하고 시작하기만 하면 된다!

　잡지의 특집 기사나 사람들의 흥미를 끄는 이야기를 쓸 때 필요한 것은 6하 원칙에서 찾을 수 있는 6개의 질문에 대해 최대한 답을 하는 것이다. 하지만 그 기사의 전체 구조는 뉴스 기사와 다를 것이다.

　특집 기사는 부드러운 기사로 시작한다. 흥미를 유발하는 이야기로부터 시작하여 인용이나 사실, 묘사로 이야기를 꾸미라. 특집 기사의 결말은 가장 중요하거나 가장 흥미로운 내용이 되어야 한다. 도식화하면 다음과 같다.

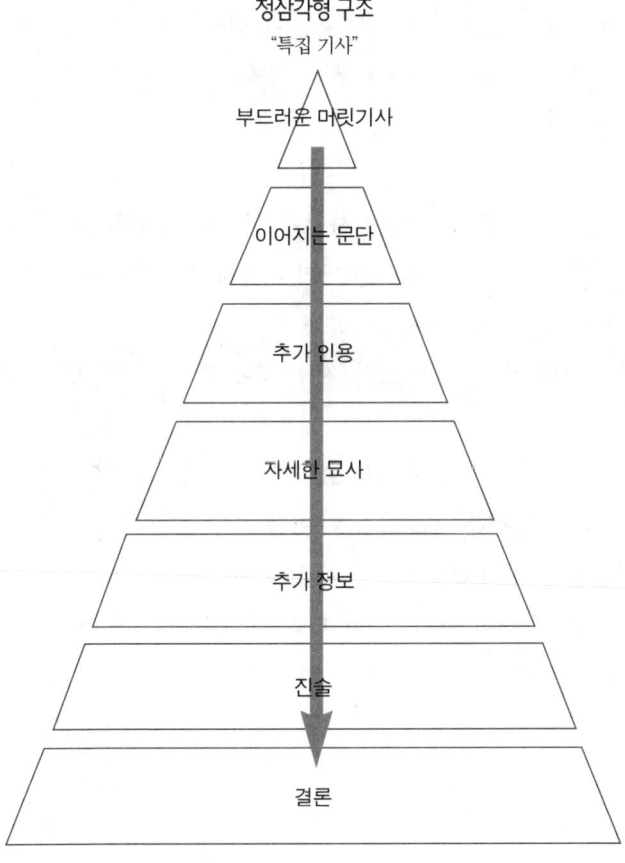

정삼각형 구조
"특집 기사"

부드러운 머릿기사

이어지는 문단

추가 인용

자세한 묘사

추가 정보

진술

결론

그 기사의 결론까지 중심 문단들은 인용, 묘사, 진술을 통해 6하 원칙에 대한 답을 제시하는 것이어야 한다(그림 참조).

당신의 재능 익히기

특집 기사에 대한 최고의 교재는 당신의 글이 실리길 원하는 잡지이다. 최신호에 있는 기사들은 대충 훑어보라. 거기에는 몇 개의 확실한 머릿기사가 있을 수도 있지만, 대부분 재미있는 이야기와 기사를 쓰는 법을 포함한 특집 기사를 보게 될 것이다.

당신에게 흥미로운 특집 기사를 하나 선택하라. 기사가 실린 나머지 여백에 다음 사항에 대한 대답을 기록하면서 기사의 문단을 읽어나가라.

1. 이 기사는 부드러운 머릿기사인가, 아니면 딱딱한 머릿기사인가?
2. 시작하는 문단이 부드러운 머리 기사라면 작가가 질문, 인용, 묘사, 진술 중 어느 것을 사용하고 있는가?
3. 각 문단이 인용, 진술, 묘사, 사실 중에서 어떤 형태로 쓰였는가를 확인하라.
4. 각 문단이 6하 원칙 중 어떤 요소를 담고 있는지 확인하라.
5. 독자로서 당신은 그 기사가 왜 마음에 드는가?
6. 결론을 힘 있게 만드는 것은 무엇인가?
7. 기사의 **뼈대**를 재료로 삼아 머리 기사를 다시 써 보라. 질문, 인용, 묘사, 진술 중 한 가지 방법을 사용하라.

10장 스크랩한 기사 파일을 철해 두라
Clip Clippings, Not Coupons

훈계를 좋아하는 자는 지식을 좋아하나니 징계를 싫어하는 자는 짐승
과 같으니라.

잠언 12:1

눈으로 보기 위해서는 빛이 필요한 것처럼 마음으로 인식하기 위해서
는 생각이 있어야 한다.

니콜라스 말레브랜치(Nicolas Malebranche)

만약 그 생각이 선한 것이라면 패배에 아랑곳하지 않으며, 결국은 승리
를 일구어 낼 것이다.

스테판 빈센트 베네트(Stephen Vincent Benet)

내 침대 밑에는 두꺼운 종이로 된 상자가 여러 개 있다. 그 상자 안에는 책, 대본, 잡지 기사 등 옛날 원고가 수북이 쌓여 있다. 브록은 월계수를 침대 밑에서 찾을 수 있다고 생각하는 작가만이 그 월계관을 갖게 된다고 말한다. 그래서 나는 바로 그 침대 밑에 원고를 보관한다.

일단 당신이 작가가 되면, 작가로서 글을 쓸 때마다 과거의 성과들에만 매달릴 수는 없게 된다. 나는 그 사실을 일찍부터 깨달았다.

처녀 작가로서 현장 실습(O.J.T.)을 하면서 존 웨인 엔터프라이즈에 근무하고 있을 때였다. 내가 맡은 첫번째 업무는 할리우드의 '전성기'에 영화 산업에서 두각을 보였던 과거의 작가들과 감독들을 만나 인터뷰하고 보고서를 작성하는 일이었다. 내가 얼마나 그 일을 열심히 했던가! 브록은 종종 나와 함께 일하러 나갔고 우리에게 주어진 기회에 대해 경이감을 맛보았다. 클라크 게이블(Clark Gable)과 게리 쿠퍼(Gary Cooper)와 존 웨인과 같은 명배우들이 등장하는 영화를 위해 시나리오를 썼던 작가들을 실제로 알게 된다는 것! 그들의 경험을 직접 듣는 것은 정말 흥분되는 일이었다. 〈진정한 용기〉(True Grit)를 감독한 헨리 하다웨이(Henry Hadaway), 스타인벡(Steinbeck)의 〈납작하게 구운 옥수수빵〉(Tortilla Flat)을 각색한 존 리 마한(John Lee Mahan)과 같은 유명 인사들과 몇 시간씩 앉아서 대화하는 것! 이런 순간들이 내게는 정말 가슴 설레는 일이었다.

그러나 우리가 이렇게 창의적이고 훌륭한 사람들의 집과 아파트를 방문했을 때 느낀 것은 슬픔뿐이었다. 색이 바랜 오스카상들은 사라져 간 영광에 대한 찬사일 뿐으로 먼지가 잔뜩 낀 채 선반 위에 놓여져 있었다. 영화산업은 이런 사람들을 기억해 주지 않았으며, 심지어 그들이 현재 살아 있다고 해도 잊혀진 존재일 뿐이다.

내가 인터뷰한 사람들은 70년대와 80년대에 활발한 활동을 했었다.

대부분은 지금 살아 있지 않지만, 직업상 그 당시에 대해 많은 것을 말하거나 쓸 수 없어도 그들의 이야기는 내 마음 속 깊숙이 남아 있다. 내가 살아 있는 역사의 유산으로부터 조금씩 수집한 정보는 나의 소유가 아니다. 내가 서명한 계약서에는 그것을 공개적으로 발표할 수 없다는 것을 명시하고 있기 때문이다.

그들이 내게 가르쳐 준 소중한 교훈이 하나 있는데, 그것은 작가가 항상 과거의 업적에만 의존할 순 없다는 것이다. 당신이 일을 그만두는 그 순간, 역사 속으로 떠나가 곧 잊혀지게 된다.

그러한 예술가들이 만들어 낸 영화들은 여전히 위대한 영화이다. 질적인 면에 있어서도 그것들을 능가하는 작품은 많지 않다. 그러나 이제 그 훌륭한 작품들은 역사 속에만 남아 있을 뿐이다.

우리가 만났던 한 작가는 그를 마지막으로 만났을 때가 거의 80세였다. "내 메모판에는 최소한 50여 개 아이디어가 붙어 있소." 그는 미소 지으며 말했다. "내가 그것들을 모두 글로 쓰기 위해서는 150살까지 살아야 할거요!"

그 사람은 바로 루이스 라모르였다.

그의 나이가 40대일 때, 존 웨인은 루이스가 잡지에 게재했던 소설 『코차이스의 선물』(Gift of Cochise)의 영화 판권을 샀다. 이것이 영화 〈혼도〉(Hondo)의 기초가 되었다. 그 다음 루이스는 이 이야기를 완전한 서부 이야기로 발전시켰고, 이리하여 그의 첫번째 미국 소설이 태어났다. (우리는 듀크와 루이스의 위대한 첫번째 성공담을 들을 수 있는 특권을 가졌다. 그리고 그 이야기는 정말 멋졌다!)

내가 말하고자 하는 요점은 루이스 라모르와 존 웨인과 같은 사람들은 그들의 생애를 다할 때까지 계속해서 일을 했고 작품을 만들어 냈다는 것이다. 그 두 사람은 말년에 최대의 성공을 거두었지만 그들의 동료들 대부분은 추억으로 가득한 먼지 낀 방에서 사라져 갔다. 루이스와 존 웨인은 계속된 그들의 업적을 인정받아 의회로부터 금메달을 받았 다. 듀크는 죽기 바로 전까지 원고를 보고 있었고, 루이스 라모르는 죽 기 전날 밤에도 교정을 보고 있었다!

나는 그들을 기억할 때마다 감사한다. 그들이 내게 가르쳐 주기를 날 마다 새로운 시작이며, 작품을 쓸 때마다 새로운 창의력을 활용하는 기 회로 삼으라고 말했다. 그리고 나도 죽는 순간까지 새로운 교정본이 내 옆에 있기를 원하며, 최소한 50여 개의 아이디어가 내 메모판에 붙어 있 길 바란다!

오려 낸 기사의 파일 만들기

아이디어는 어디에서 나오는 것일까? 틀림없이 그 아이디어들은 하 나님께서 주신 창의력과 상상력에서 나온 것이며, 믿는 성도로서 우리 는 영감을 주신 것에 대해 감사해야 한다. 그러나 아이디어의 원 자료 나 근원은 무엇인가? 영감이 작용하는 기본 아이디어는 어디에서 나오 는 것일까?

프리랜서 작가들은 일찍부터 신문과 잡지에서 오려 낸 기사들이 주 는 실제적이고 영구적인 가치를 깨닫는다. 보편적인 호소력을 지닌 소 주제를 선택하여 글을 쓰는 것에 대해서 우리가 『작가의 시장』을 통해 살펴본 충고를 기억하라. 글쎄, 내가 그 실례를 선택한 이유는 그것이 편집장들과 출판사들이 전도 유망한 작가들에게 주는 가장 일반적인 충고들 중의 하나이기 때문이다. 그들은 신인 작가들에게 거듭해서 이 렇게 말한다.

"세상을 떠들썩하게 만드는 뉴스를 보도하기 위해 두리번거리지 말 라. 왜냐하면 당신은 아마도 그런 장소에 가장 빨리 도착할 수 없기 때문이다. 범우주적인 진리에 대해 강의하려고 시도하지도 말라. 당신에게 그럴 만한 자격도 없지 않은가. 그 대신 실제 문제들에 대한 실제적인 해결책을 찾고 있는 실제적인 사람들을 찾아서 가능한 한 재미있는 방법으로 그들의 이야기를 전하도록 하라!'

이것이 바로 오려 놓은 기사 철을 제대로 활용하는 방법인 것이다.

어느 일간지의 지역 소식(섹션)에서 몇 가지 실례를 보도록 하자.

예: 지방 경찰대는 할로윈 축제에 예비역 장교들을 소집하여 특별 근무를 하도록 지시했다. 왜냐하면 지난 해 할로윈 축제 때에 방화와 파괴, 약탈이 있었기 때문이다. 지방 경찰 공무원과 상공회의소의 관리자는 모두 할로윈 축제 때에 발생하는 폭력은 근래 몇 년 간 계속 악화되고 있다고 말했다. 다른 지역도 이와 유사한 경향이 있다고 보는가? 신문에 인용된 사람들이 이 문제에 대해 보다 자세히 인터뷰에 응해 줄 수 있다고 생각하는가? 한 지역에서 일어난 사건을 다룬 기사가 어떻게 하면 전 국민의 관심을 모을 수 있겠는가?

예: 이전보다 더욱 강하게 진화론을 옹호하는 주정부 지침의 개정안에 대해, 주정부 교육위원회는 정통파 기독교 신자들과 시민 자유론자들이 반대하는 견해를 경청했다. 이 기사는 주정부의 기준이 법적인 구속력을 갖고 있는 것이 아니라 역사적으로 지방 교육위원회의 시행령으로 사용되어 왔다고 지적했고(이야기 아이디어?), 주정부 지침서가 교재 출판사들에게 영향을 끼쳤다고 지적했다(또 하나의 이야기 아이디어?). 더구나 이 기사는 전통 가치 수호 연대(Traditional Values Coalition)의 루이스 셸던(Louis Sheldon) 목사의 말을 인용하고 있다. 루이스 셸던이 인터뷰에 응해 줄까?

예: 같은 지면에는 근처 작은 동네에 사는 어린이들 가운데 누가 명백한 암종양을 가지고 있는지 조사하기 위해 특별 연구진이 짜여졌다

는 짤막한 기사가 있었다. 기사 아이디어: 어린이 암의 초기 발견, 농약과 암 사이의 연관성, 식수 오염과 거주 지역의 식수 공급에 대한 안전성 등.

이 모든 기사들은 어느 한 날짜에 한 신문의 한 지면에 등장하는 것이다. 이제 당신은 "하지만 난 할로윈이나 진화론, 어린이 암에 대해 글 쓰는 것에는 별 흥미가 없다"라고 생각할 수 있다. 상관없다. 중요한 점은 이 모든 기사거리가 실제 생활 속에서 지역 주민들과 관련된 이야기라는 점이다. 분명히 어떤 사람들은 이 기사들 중 하나에 관심을 갖고 자세히 보려고 할 것이며, 다른 지역에 사는 수천 명의 독자들도 연관을 지어서 공감대를 형성하며 관심을 갖도록 출판할 수 있는 작품으로 발전시킬 수도 있을 것이다.

신문이나 잡지에서 오려 낸 기사들을 도약판이라고 생각해 보라. 어떤 기사는 독자들의 관심을 사로잡아 그 이야기를 토대로 여러가지 다른 접근을 할 수 있도록 아이디어를 떠올리게 만들 것이다. 그래서 당신이 그 기사를 더 자세히 읽도록 만들거나 심지어 직접 인터뷰하도록 만들 수도 있다. 주제와 문맥이나 당신이 쓰고 있는 작품의 잡지에 따라 한 번의 인터뷰로도 전체 기사를 완성하기 위해 충분한 정보를 얻을 수 있다.

어떤 기사가 당신의 관심을 모을 때는 그것들을 신문에서 오려 내되 신문의 이름과 그 기사가 실린 날짜를 주의 깊게 기록하라. 오려 낸 기사들은 진화, 낙태, 할로윈과 같은 주제에 맞추어 라벨이 붙어 있는 파일에 보관하라. 그것들로부터 어떤 이야기 아이디어를 얻을 수 있을지, 그리고 어떤 정보가 더 추가되어야 하는지 파악하기 위해 정기적으로 내용을 점검하라.

오려 낸 기사의 파일은 당신에게 이야기 아이디어를 제공해 줄 뿐 아니라 기사의 경향을 분석하는 데도 도움을 줄 것이다. 달마다 해마다 사건의 진전을 주의해서 보라. 할로윈의 풍습이 더욱 파괴되고 있는가? 어떤 사람이 지난 10년 간 낙태에 관한 기사들을 오려서 보관하고 있다고 가정해 보라. 그 사람은 그 주제에 관해 기사 혹은 책을 쓸 때 어떤 누구보다도 훨씬 더 잘 준비되어 있다고 볼 수 있다.

10장 연습문제

1. 당신이 오려 낸 기사 파일에서 가능성 있는 자료를 5가지 정도 열거해 보라.
   1) _____
   2) _____
   3) _____
   4) _____
   5) _____

2. 오늘자 신문에서 흥미로운 주제에 관한 기사를 최소한 세 개 정도 오려 보라. 주제에 따라 분류된 파일에 그것들을 넣어 두라. 당신이 생각할 수 있는 가능한 이야기 아이디어에 대해 간단히 적어 보라.

3. 매주 한 시간씩 최근 기사를 오려서 당신의 파일에 모으라. 흐름이 어떻게 발전해 가는지에 대해 이야기 아이디어를 검토하라.

11장 확실한 아이디어를 선택하라
Making a Perfect Match

너희 중에 누구든지 지혜가 부족하거든 모든 사람에게 후히 주시고 꾸짖지 아니하시는 하나님께 구하라. 그리하면 주시리라.

야고보서 1:5

무언가를 말하고 싶기 때문에 글을 쓰지 말라. 오히려 말해야 할 무엇인가가 있기 때문에 글을 쓰라.

스코트 피츠제럴드(F. Scott Fitzgerald)

모든 일은 도전에서 시작되기 마련이다.

《미국 서부》(American West)지에 네 기사가 실린다고? 하! 네가 퓰리처상을 받는다니! 네가 루이스 라모르나 스타인벡 같은 대단한 사람이 되다니!" 어느 날 아침 그녀는 동네 카페에서 커피를 마시면서 내게 이러한 말들을 퍼부어 댔다.

나는 그 말을 맞받아쳤다. "《미국 서부》지에 스타인벡보다 내 기사가 실릴 확률이 많아!"

"오 그래?"

"당연하지. 스타인벡은 이미 죽었지만 난 지금 살아 있잖아."

내 대답에 그녀는 두 손을 들었다. 아마 내가 퓰리처상은 못 받았을지라도 최소한 지금 이 순간까지도 숨을 쉬고 있다.

"미국에서 《미국 서부》지보다 더 들어가기 힘든 잡지사도 없어."

그녀의 말이 옳았다. 어렵다는 말이 적절치 않았을 뿐이다. 버팔로 빌 코디 박물관의 후원으로 격월로 발행되는 《미국 서부》지는 규모가 많이 줄어든 《스미소니언》(Smithsonian)지와 같은 종류이다. 해마다 그들 앞으로 배달되어 온 수천 개의 원고 중에서 40개 정도의 기사만 싣는다. 맞다! 이 잡지에 어떻게 해서든지 기사를 싣고자 하는 노력은 여러 개의 자물쇠를 여는 방법을 알고서 체이스맨하탄 은행(Chase-Manhattan Bank)을 뚫고 들어가는 것과 같은 굉장한 일이었다.

"할 수 있어." 내가 말했다. "퓰리처상을 수상한 사람들이 명예와 돈 그리고 존경 이외에 내게 없는 어떤 것을 갖고 있는데? 명예와 돈 그리고 존경?"

내 친구는 냉소적인 미소를 지었다. "글쎄, 넌 그들 모두를 합친 것보다 훨씬 더 허풍을 떠는군. 《미국 서부》지라? 기가 막히군!"

그녀의 비난에 반항적인 태도를 보였던 것을 후회한 적이 한두 번이 아니다. 그녀는 나이 어리고 경험 없는 작가인 내가 수북이 쌓인 쓰레기 더미를 통과할 수 있었다는 사실을 믿지 않았다. 그리고 내가 아무 것도 아닌 하찮은 존재라는 것을 인정할 수 없었다.

내가 처음 한 일은 《미국 서부》지를 연구하는 것이었다. 퓰리처 수상자들과 저명한 작가들의 목록을 그녀가 제대로 꿰고 있었다는 점을 힘들게 인정하면서도 이 잡지를 연구했던 것이다. 이 잡지에 기사를 쓴 모든 작가는 훌륭한 사람이었다! 그들은 자신의 명예에 걸맞는 수많은 책들을 썼거나 대학교 어느 학과나 역사학회의 장(長)이기도 했다. 주눅이 들었지만 마음을 단단히 먹었다.

두 번째로 내가 한 일은 주제를 하나 선택하는 것이었다. 그러므로 내가 이 잡지에 대해 무엇을 알고 있는가? 글쎄, 무엇보다도 나는 미국 서부에 살았고 옛날 카이보이에게서 들은 멋진 이야기들을 수집했다. 또한 내게는 나바조(Navajo) 인디언인 좋은 친구가 한 명 있다. 내가 누구를 알고 있으며 무엇을 알고 있는가를 모두 모아서 충분히 숙성시켜 보았더니 남은 것은 인디언 친구뿐이었다.

그녀의 이름은 돌리 로버슨(Dolly Roberson)이었고 존 웨인의 스턴트맨과 결혼했으며 남편 역시 우리의 좋은 친구였다. 돌리는 존 포드 영화사가 찍은 〈기념비 계곡〉(Monument Valley)에서 실력을 인정받았다. 그녀의 삼촌들은 1939년 포드가 〈역마차〉(Stagecoach)를 감독한 이래로 포드 영화에서 서부인으로 출연했다. 세월이 흘러 그들도 늙었지만 여전히 사람들로부터 기억되고 있다. 그들은 아파치족(Apaches)과 샤이엔족(Cheyennes)의 역할을 맡아 훌륭한 인디언과 그렇지 못한 인디언들을 연기했다.

나는 이 특별한 사람들에 대한 모든 이야기를 들었고 돌리가 떠올리는 추억어린 몇 장면에서는 함께 박장대소하곤 했다. 맞다. 이것은 멋진 재료였다. 《미국 서부》지일지라도 상당히 흥미를 가질 만한 가치가 있었다. 이전에는 이 주제에 대해서 다룬 적이 없었다. 그래서 나는 시험삼아 이것을 글로 쓰기로 했고, 문의 편지를 보냈다.

6주가 지나서야 책임 편집장(Managing Editor)인 매 레이드 빌즈(Mae Reid-Bills)에게서 연락을 받았다. 그녀의 반응은 사무적이며 조심스러웠다. 대충 "당신이 써 보낸 개요는 아마 어느 정도 흥미가 있는 것 같군요"라는 내용이었다.

겨우 개요에만 관심이 있다고. 오직 개요뿐. 이야기의 뼈대에만 관심이 있고 더 이상은 아니라고. 그러나 그것은 이제 첫 발자욱을 뗀 것이나 마찬가지였다. 아마 어느 정도라는 말은 거의 긍정의 답이다. 그것은 '아니오' 라기 보다는 '예' 이다.

나는 곧장 이번주 말까지는 기획단을 보내 줄 수 있다고 대답했다. 그 다음 돌리에게 전화를 하고 점심을 사 주면서 다시 한 번 〈스탠리의 소년들〉(The Stanley Boys)에 관한 멋진 이야기를 들었다. 그날 밤 나는 《미국 서부》지에 가장 적합한 스타일을 찾아 당장 머릿기사를 그럴듯하게 넣어 대략의 줄거리를 완성했으며, 그 다음날 당장 열정이 담긴 편지와 함께 그 개요를 우편으로 보냈다.

휴우! 친구 앞에서 매 레이드 빌즈의 편지를 자랑스럽게 과시하면서 으시대고서는 기다렸다. 그리고 기다렸고 … 또 기다렸다.

8주가 지난 후 두 번째의 '아마' (maybe) 편지를 받았다. 어쩌면 그들은 '일단(on-spec)' 하나의 기사를 보고 싶어할지도 모른다.

'일단' 이란 의미는 당신이 기사를 거의 완벽할 정도로 끝낸 다음에 출판사로 그 기사를 보내면, 원고를 받아 본 출판사가 "정말 죄송합니다"라고 말할 수 있는 권리를 갖는 것을 의미한다. '일단' 은 작가에게 있어 상당한 위험 부담이 있다. 다시 말해서 어느 누구도 당신이 쓴 글을 출판하길 원한다는 보증 없이도 어떤 주제에 대해 글을 쓰려고 온통 시간을 소비해야 하며, 종종 새 출판사에 그 원고를 다시 보내야 될 경우도 있다.

말할 것도 없이 나는 몹시 흥분했다! 그들은 내 작품을 보고 싶어했던 것이다. 곧장 빌즈 편집장에게 전화를 했다. 그들이 내 원고에 첨가하길 원하는 어떤 특별한 경향이 있는가? 얼마나 많은 글자 수를 원하는가? 얼마나 빨리 그 원고를 완성해야 하는가? 우리는 앞으로 2주 내에 그 원고를 끝내기로 했다.

전화를 끊고서, 우리가 말했던 모든 것을 확인하는 동시에 그 프로젝트에 대해 편집장인 그녀와 일하기를 얼마나 기다려 왔는지 모른다는 고백을 담은 편지를 썼다. 얼음은 이제 막 녹기 시작했다. 도저히 흉내내지 못할 이상한 성격을 가진 작가들의 쇄도하는 문의에 답하느라 온통 시간을 소비하는 모든 편집장들의 더위를 시원하게 해 주는 것이 바로 이 얼음이다. (나는 결코 편집장이 되고 싶지 않다. 왜냐하면 그들은 무수히 많은 되지도 않는 말을 듣고도 참아야 하며, 대답을 할 때도 친절해야 하기 때문이다!)

나는 첫번째 조안을 일씩 서둘러 마쳤다. 내 생긱은 모두 그 초안에 들어 있지만, 만약 편집장이 어떤 부족한 부분을 찾아 낸다면 그 줄거리를 기꺼이 수정할 의향이 있다는 내용의 설명서를 함께 동봉했다.

다시 한 번 답신을 기다렸다.

8주 뒤 내가 정성들여 완성했던 원고를 돌려 받았는데, 그 원고 곳곳에는 그들이 수정하길 원하는 목록이 함께 들어 있었다. 이것은 전체 줄거리를 다시 써야 한다는 것을 의미했다.

내가 불쾌했을까? 아니다. '정말 힘든 과정이구나' 하는 사실을 마음 속으로 깨달으면서 그들의 요구를 받아들였다. 그 다음 개념 설정을 위해 다시 전화를 했고 또 한 번의 편지를 썼는데, 그 내용은 우리가 전화상으로 말했던 내용과 2주 내로 수정해야 할 부분을 고치겠다고 약속하는 내용을 반복한 것이었다.

이러한 전체 과정은 다시 한 번 반복되었다. 기다리기, 다시 쓰기, 원고 보내기, 기다리기. 그리고 그 다음 마술의 편지가 도착했다! 아마도 이번에는 '예'로 변해 있었을 것이다!

친구가 나를 도전한 이후 꼭 일 년만에 내 원고가 실린 《미국 서부》지를 손에 쥘 수 있었다. 내 이름 옆에는 공저자의 이름에 오르지 못할지도 모른다고 말했던 친구의 이름이 있었다! 그 날 매 레이드 빌즈에게 꽃을 보냈다! 내 기사가 《미국 서부》지에 실린 것이 자랑스러웠다!

나는 그 후로도 계속해서 아이디어를 그들에게 보냈고 몇 개의 이야기를 더 썼지만, 이전처럼 내용을 다시 수정해야 할 필요는 없었다. 나는 새로운 친구들을 많이 사귀었고, 존 웨인 엔터프라이즈 로고 바로 옆에 《미국 서부》지 로고를 자랑스럽게 놓아 두었다. 그러나 그것은 별개의 이야기이다.

확실한 아이디어 선택하기

드디어 우리는 자신이 살아온 배경과 지식, 흥미거리와 상당히 공통점이 있어 보이는 출판사 하나를 찾은 것이다. 이제 당신은 그들에게 무엇을 보내야 할 것인지를 결정해야만 한다. 그렇다면 발전 가능성이 있는 가장 좋은 이야기 아이디어를 어떻게 선택하는가?

가장 먼저 해야 할 단계는 주님께 자문을 구하고 그분의 가르침을 찾는 것이다. 야고보서 1장 5절에는 "너희 중에 누구든지 지혜가 부족하거든 모든 사람에게 후히 주시고 꾸짖지 아니하시는 하나님께 구하

라. 그리하면 주시리라"고 쓰여 있다.

하나님께서 당신에게 글 쓰는 재능을 주셨다고 믿는가? 만약 그렇다면 마음에 그러한 소망을 심어 하나님께서 당신이 혼란한 가운데 허둥대도록 그냥 내버려 두실까? 물론 그렇지 않다! 하나님께서는 삶의 경험을 통해 당신만이 갖고 있는 독특한 관점을 발전시켜 왔으며, 당신편에서도 어떤 주제에 대해 글을 써야 할지를 알기 위해서는 그분을 의지해야 한다.

잠언 3장 6절에는 어떤 내용이 담겨 있는가? "너는 범사에 그를 인정하라. 그리하면 네 길을 지도하시리라."

이 구절에 담긴 뜻이 지나치게 영적인 것만을 의미하거나 하나님께서 세상을 뒤흔들 만한 엄청난 통찰력을 제공하기 위해 당신을 이용하시는 데에만 관심을 가지신다고 생각하지 말라. 그분은 실제로 자녀로서의 당신의 성장에 관심이 있으시다. 자녀들이 머리 세 개 달린 괴물처럼 생긴 말 한 마리를 크레용으로 그려서 갖고 올 때, 당신은 "저리가. 모나리자처럼 멋진 그림이 아니라면 나에게 보여 줄 생각도 하지마"라고 말할까? 당신에게 가졌던 최초의 목적들이 아무리 소박한 것일지라도, 또 당신의 첫 시도가 아무리 간단한 것일지라도 다음의 사실을 기억하라. 이미 당신의 과거를 만드신 하나님께서는 당신의 미래도 알고 계신다.

우리의 삶을 인도하시기 위해 가장 사소한 상황까지도 사용하는 하나님의 지도력과 절대적인 능력을 설명하기 위해 다음의 이야기를 당신에게 들려 주고 싶다.

어린 나이로 작가의 길에 들어선 나는 "콜릭 말(Horse Colic)과 당신의 말의 식이요법"이란 제목의 글을 《서부의 마부》(*The Western Horseman*)지에 기고했다. 대단한 의미나 영구적인 가치가 전혀 없는 작품이었다고 생각할 수도 있다. 하지만 일정 기간 동안 그 기사와 비슷한 글을 기고했던 나는 그 출판사의 편집진과 더불어 일하면서 실제적으로 깊은 관계를 발전시켰다. 그 후 이렇게 친숙해진 동료 의식 때문에 그들은 내 이야기 아이디어에도 좋은 반응을 보여 주었다. 특히 영화 스턴트맨들과의 인터뷰나 그들과 관련된 서부에 대한 내 아이디어에 쉽게 수긍했다. 그러한 인터뷰들 중에는 만나야 할 사람이 같은 고향일 것이라는 사실을 전혀 생각지도 못하고 만난 경우도 있다. 존 웨인의 스턴트맨인 척 로버슨(Chuck Roberson)이 실제로 나와 같은 고향에서 살았던 것 같았다.

내가 척을 만났을 때, 그에게 몇 가지 좋은 이야기와 그럴듯한 잡지 기사 몇 가지 외에는 전혀 기대하지 않았다. 그렇지만 척은 멋진 인터뷰를 해 주었다! 그는 1940년대에는 영화와 관련된 일을 많이 했고, 30년 간 듀크의 대역을 했으며, 클라크 게이블(Clark Gable)과 로버트 미첨(Robert Mitchum)의 대역도 했다. 그는 영화에서 스턴트 작업이 실제로 시작되던 때부터 그 일을 해 왔다. 즉 고속 카메라 촬영이 아닌 생생한 행동으로 이루어진 고전적이고 숨막히는 듯한 장면에서 실제 스턴트맨으로 활동했던 것이다.

"척, 당신은 정말 책 한 권을 썼어야만 해요" 하고 내가 말했다. 그는 아주 겸손한 태도로 대답하면서 "그런 일을 생각해 본 적도 없습니다. 당신이 한 번 써 보시죠?" 이렇게 해서 시작된 그와 나의 공동 작업이 바로 『타락한 자』(The Fall Guy)이며, 척과 존 웨인의 돈독한 관계 때문에 듀크는 이 책의 서문을 써 주었을 뿐만 아니라 나로 하여금 웨인의 뱃잭 프로덕션의 연구원이자 작가로 일할 수 있도록 해 주었다. (이것은 내가 척의 아내인 돌리와 그녀의 삼촌들을 만나는 계기가 되었으며, 그들 때문에 난 《미국 서부》지와 일찍부터 관계를 맺게 되었다.)

말에 관한 한 기사로부터 얻은 모든 것이 만족스러웠다.

당신도 어떤 아이디어를 갖고 있다. 내가 어디에서부터 글을 시작해야 할지를 이해하기 이전에 하나님께서는 이미 나의 글쓰기를 지도하고 계셨다. 내게 그렇게 하셨듯이 그분께서는 당신의 글쓰기에도 관심을 갖고 계신다.

조금 전의 주제로 다시 돌아가서 하나의 이야기 아이디어를 선택하라. 주님의 인도를 간구한 이후에 오려 놓은 기사들과 잡지 분석을 통해 당신의 글을 써 나갈 수 있을 것이다.

당신이 최근에 스쿠버다이빙에 관한 흥미로운 기사 하나를 발견했고 《스킨 다이버》지에 있는 스포츠 기사를 계속 읽어 왔다고 가정해 보라. 그 잡지사에 글을 기고할 수 있을지도 모른다고 생각할 것이다.

지금까지 오려 놓은 기사 파일을 훑어보면 스포츠나 취미란의 표제에서는 별로 건질 것이 없더라도 기억 속에 저장된 것들이 희미하게 떠오르기 시작할 것이다. 그 다음에 전혀 생각지도 않았던 "법 집행"(Law Enforcement)이라고 제목이 붙여진 파일이 눈에 들어올 수도 있다. 여기에서 수중에서 증거 탐색을 위해 지방경찰청이 관할하는 특수부대에 관한 관련 자료를 발견할 수도 있다. (많은 영화에서 악당이 살인 무기를 다리 아래로 던지는 장면을 떠올려 보라?)

《스킨 다이버》지의 과월호를 보면서 최근에 그런 기사들이 다시 취급된 적이 있는지 주목해 볼 수도 있다. 대답이 '아니오' 라면 가능성이 좀더 높아졌다는 청신호를 발견한 것이다. 몇몇 잡지의 지난 호들을 분석해 보면 당신은 괜찮은 기사를 쓸 수 있는 아이디어를 가지고 있는데도 그 잡지가 레크레이션 다이빙과 여행만 다루고 있는 듯이 보인다. 그 다음 또 다른 생각이 마음 속에 떠오른다. 거의 모든 호에서 훈련을 특별히 다룬 기사가 있다(예를 들어, 어떤 사람들이 수중 다이버가 되기 위해 배우며 어디에서 교육을 받는가).

이제 당신이 그것을 쓸 차례이다. 사실 어떤 스포츠 다이버들은 그들의 취미 생활을 통해 생계를 이어간다. 독자들이나 잡지사는 그들이 특별한 교육을 어디에서 받았는가를 알아내는 데 관심이 있다. 당신은 전문적인 다이버가 되고자 하는 사람들에게 흥미를 더해 주고 또한 법 집행과 관련한 유익한 이야기를 발전시키면서 수중 수색 부대의 책임자를 인터뷰하여 기사를 쓸 수 있겠는가? (이 아이디어는 내가 쓰고 싶을 정도로 매우 괜찮게 들린다!)

하나의 이야기 아이디어가 어떻게 발전해 가는지에 대한 또 다른 예를 보도록 하자. 이제 우리는 오려 놓은 기사 파일로부터 시작해서 그 잡지와 어떻게 관계를 맺어갈 것인지를 살펴볼 것이다.

존경하는 어떤 신앙 작가가 당신이 사는 동네에서 책 사인회를 겸한 파티를 연다는 내용의 광고가 지역 신문에 실린 것을 보았다고 가정해 보자. 당신은 그녀와의 만남을 기대하고 있기 때문에 그녀를 만나러 가기 위한 계획과 시간 및 장소를 기록해 둘 것이다. 그 다음 또 다른 생각이 마음에 떠오른다. 그 작가와 인터뷰를 계획하고 그것을 기사화 하여 잡지에 실을 수 있을까?

기사를 투고하고자 하는 출판사들 중에서 이 인터뷰에 관심이 있는 잡지사가 있을까?《미덕》(Virtue)지는 가능성이 꽤 있어 보이고,『작가의 시장』에서 이 잡지사에 대한 것을 간단히 찾아보면, 600 내지 800단어 정도의 인터뷰와 인물 소개 원고를 받는다.『작가의 시장』에서 말하고 있는 이 잡지에 대한 개요를 보면 이곳에서는 "자신의 성장을 원하는 여성들이 글을 쓰도록 권장하여 그들이 가족, 교회, 지역 사회를 위해 일을 할 때 그들에게 실제적인 도움을 준다"고 말하고 있다. 우리 작가는 일하는 여성들이 가족의 생계에 대한 책임을 다하도록 하기 위한 책을 여러 권 써 왔기 때문에 이런 현상은 이상적으로 보인다.

이 지점에서 당신이 고려해야 할 것은 또 무엇이 있을까? 당신은 《미덕》지가 이미 이 작가와 특별한 인터뷰를 했었는가에 대해, 만약 그렇다면 가장 최근은 언제였는지 궁금할 것이다. 만약 지난 번 기사 이후로 상당한 시간이 흘렀다거나, 아니면 그 때 이후로 새롭고 도움이 될 만한 것을 쓰고 있다거나, 혹은 그 작가가 최근에 어떤 새로운 것에 대해 인정을 받고 있다면 새로운 기사를 쓸 필요가 있다.

또 다른 가능성들이 있는가? 이것은 어떤가? 『작가의 시장』을 보면 《자신 있는 생활》(Confident Living)지는 "근본주의적이고 복음적인 기독교계의 인물을 인터뷰하는 것"에 관심을 갖고 있다고 쓰여 있다. 또한 "독자들이 갖고 있는 문제들을 하나님께서 해결해 주셨던 경험을 말해 주길" 원한다고 기고가들에게 충고하고 있다. 당신에게 희망을 주는 글귀가 아닌가?

혹은 비종교적인 것은 어떨까? 상당히 열성적인 지역 독자들을 많이 확보하고 있는 어느 객원 작가를 우연히 알게 되었다. 사실 이 작가의 작품은 지역 사회에서는 상당히 인기가 있어서 몇 개의 자발적인 모임들이 정기적으로 그녀의 책을 읽으며 토론하곤 한다. 이러한 지역적인 현상이 지방이나 조금 더 큰 잡지사에서 흥미를 갖고 있는 주제라고 생각되지 않는가? 당신이 알고 있는 것은 무엇인가? 이러한 잡지들에 대해서 『작가의 시장』에서 말해 주는 조언은 지역의 생활 양식을 다루는 잡지는 '경쾌하면서도 눈에 확 띄는 것이라 지역인의 관심을 끌 수 있는' 기사들을 기다리고 있다는 점이다.

이제, '경건한' 작가로서 당신은 아이디어를 일반 출판사의 편집장에게 '팔아야' 될지도 모른다. 그러나 만약 지역 사회의 관심사를 제대로 다루고 있다는 자신감을 갖고 있다면 더 나은 곳을 찾아보는 게 어떨까?

이야기 아이디어를 잠재성이 있는 출판사와 연결하는 과정에 대한 예를 하나 더 보도록 하자. 지금 당신은 개인적으로 아주 중요한 주제에 관한 아이디어를 갖고 있으며, 그 아이디어가 당신이 오려 놓은 기사들이나 관심 있는 잡지들에서 나온 것이 아니라고 해 보자. 당신은 점증하는 동유럽의 자유와 민주화 요구에 대해 상당히 관심을 갖고 있다. 전국의 뉴스 방송망은 밤마다 그 주제를 집중적으로 다루고 있으며, 신문의 헤드라인들은 저항을 통해 목적을 이루는 나라들의 새로운 물결에 대해 보도하고 있다. 그러나 동유럽에서 장기간 억압받아 온 교회들의 반응을 다룬 기사는 어느 곳에서도 찾아볼 수 없다. 교회 지도자들은 그 변화에 대해 적극적인 역할을 하고 있는가, 아니면 그저 머뭇거리고 있는가? 새롭게 발견한 자유의 외침 역시 예배의 자유에로 돌아가는 전령인가, 아니면 성경적인 가치와 신념으로 되돌아가는 전령인가?

당신이 다니는 교회 도서관을 잠시 방문하여 자료를 찾아보면 동유럽에 있는 서너 개의 선교기관들의 명단을 얻을 수 있다. 그 선교기관의 본부에 전화를 하게 되면 다음과 같은 대답을 얻게 된다. "예, 맞습니다. 우리는 철의 장막 뒤에 있는 신앙인들의 활동에 대해 살 알고 있으며, 최근의 사건들에 대해 그들이 어떻게 반응하고 있는지도 알고 있습니다. 그리고 최근 동유럽을 방문하고 돌아온 관계자들 중의 한 명과 인터뷰하도록 주선할 수 있습니다."

어떤 기독교 출판사들이 이러한 이야기에 관심을 가질까? 당신의 노력이 선교기관들의 공신력을 증가시킨다는 것을 의미하기 때문에 당신은 그들이 협조적일 것이라고 생각하는가? 두 가지 경우에 있어서 대답은 '예'이다.

개인적으로든지 아니면 다른 사람들이 흥미를 가질 듯한 일화들을 살펴보면 우연히 전 국민의 관심을 모을 수 있을 만한 주제를 발견할 수 있다. 또 전혀 다른 관점에서 본다면 특별한 독자층과 맞물려 기사들을 싣는 교단 출판사에 흥미를 가질 수도 있다.

11장 연습문제

1. 당신이 가장 관심을 갖고 있는 신문 기사들을 오려라. 그 기사들 중 가장 특징적인 면에 초점을 맞추어 당신이 어떤 관점을 가져야만 하고 어떤 출판사와 연락을 해야 할지를 결정하라.

2. 당신의 기사가 실리길 바라는 잡지사를 골라 보라. 가장 큰 독자층을 얻을 수 있다고 생각되는 이야기 아이디어를 찾을 때까지 오려 놓은 기사들을 일일이 검토하면서 파일을 모두 훑어 보라.

12장 아이디어를 가지고 편집장과 대화하라
Me (Query) Contact an Editor (Query)

> 모든 것을 적당하게 하고 질서대로 하라.
>
> 고린도전서 14:40

> 용납의 기술은 당신에게 별로 호의적이지 않던 사람들로 하여금 보다
> 큰 호의를 베풀도록 만드는 기술이다.
>
> 러셀 린즈(Russell Lynes)

산 동네로 이사간 지 얼마 되지 않아 나는 새 집에서 평온함을 되찾았고 정착하게 되었다. 그리고 소수의 원고들에 대해서만 상담 작업을 하겠다고 결심했었다. 사랑하는 사람의 인생이 달려 있는 일이 아니었다면, 결코 다시는 로스앤젤레스 고속도로를 달리지는 않았을 것이다!

나는 나무로 된 천장을 니스로 광내고 있었다. 빵도 구웠다. 앵두나무의 열매로 젤리를 만들었다. 심지어 언덕배기에 있는 마부들에 대한 몇 개의 기사도 썼고, 그것을 잡지사에 팔기도 했다.

그것이 실수였다. 내가 작가였다는 소문이 난 것이었다. 실제로 살아 있는 현직 작가! 또한 누군가는 내가 존 웨인과 함께 일했다는 것을 알아냈다. 내가 무엇을 했는지 분명히 아는 사람은 아무도 없었지만, 내가 《듀크》 잡지사에나 무언가를 썼다는 사실 때문에 사람들은 이제 동네에 있는 카페에서 나를 쳐다보기 시작했다. 그 뒤에 동네에 있는 작은 가게에서는 두 여자가 나에 대해 상당히 오만하다고 하는 소리를 듣게 되었다! 나는 스스로를 멋진 여자라고 생각해 왔었는데!

사실 나는 자의식이 매우 강했다. 어느 누구도 햄버거를 먹을 때 쳐다보는 것을 결코 좋아하지 않을 것이다. 나 역시 작가가 된다는 것에 대해 이상하거나 특별한 어떤 것이라고 생각하지 않았다. 수년 간 다른 작가들과 함께 사무실 안에서 온종일 글을 쓰며 시간을 보냈기 때문에 작가들과 마찬가지로 글 쓰는 일을 그저 한 가지 일이나 직업, 때로는 천직 정도로 생각해 왔었다. 작가들이란 다른 사람들처럼 매일 일하러 가는 사람들이었다.

동네 가게에서 들은 말이 내 마음을 상하게 했다. 나는 당시 산 동네에 사는 평범한 사람들 중의 한 명이 되길 원했다. 사람들에 대해 글을 쓰는 사람이라서가 아니라 단지 그들이 나를 좋아하기 때문에 나를 인정하고 자기들에게로 초대해 주길 원했던 것이다.

그래서 나는 이미지를 새롭게 하기 위해 노력했다. 벽지를 다시 발랐고 집의 페인트칠을 새로 했으며, 화장실용 컵도 사 왔다. 가게에 들어갔을 때 최대한 친절하게 보이려고 노력했다. 작가처럼 말하거나 행동하고 싶지 않았다. 그것이 무엇을 의미하든지 간에.

"안녕하세요! 어떻게 지내세요? 혹시 수도용 배관 파이프가 있나요? 계약서의 서비스 기간이 끝나기 전에 물탱크와 배관 파이프가 부식되지 않았는지 확인해야 하는데…. 탱크까지 부식되다니 … 누가 알았겠어요? 혹시 수선공을 알고 계셔요? 연락처라도 주실 수 있겠어요?"

수선공에게 전화를 했고 펌프 수리를 부탁했다. 그때 희미한 노크 소리가 들렸다. 수선공이나 탱크 펌프 회사의 직원은 아니었다.

나는 '가장 친절한 태도로' 문을 열었다. 내 앞에는 젊은 여자가 서 있었고, 그 여자의 넓은 바지 가랑이에 아이들이 한 명씩 매달려 있었다. 그녀는 60년대의 머리 스타일로 긴 생머리를 등 뒤로 곱게 내리고 있었으며 의기소침해 보였다.

"안녕하세요?" 그녀는 겨우 들릴 정도의 기어들어가는 듯한 작은 소리로 말했다. "작가시죠?"

나는 아니라고 할 수가 없었다.

그녀는 다시 한 번 내게 인사를 하고는 이름을 말했다. "저 … 전 작가가 되고 싶어요."

나는 왜냐고 묻고 싶었지만 "좋아요"라고 말하고는 안으로 들어오게 했다. 속으로 그녀가 시장의 딸이거나 집안 좋은 사람일 거라고 생각했으며, 건방지다고 여기지 않도록 말해야겠다고 생각했다. 그녀는 엄마를 계속해서 끌어당기는 아이 때문에 지쳐 보였다. 그래서 "잠깐 앉으시겠어요?"라고 말했다.

그녀는 의자에 앉았고 아이들 역시 즐거운 비명을 지르며 엄마에게서 떨어졌다. 아이들은 이제 막 도배를 끝낸 아들의 침실로 뛰어 들어 갔다.

바로 그 순간 탱크 수리공들이 우리 집에 도착했다. 잠깐 실례한다 고 말한 후 30여분 간 밖에서 그들과 이야기하며 탱크의 부식에 대해 말했다. 내가 돌아왔을 때 그 여자는 여전히 소파에 앉아 있었고 침실 에는 재미있는 벽화가 새롭게 그려졌다. 다시 한 번 로스앤젤레스 고속 도로를 달리고 싶은 생각이 간절했다.

"그래, 작가가 되고 싶다구요?" 난 이를 악물고 물으면서 의자에 앉 았다.

"예. 전 선생님 집에서 40에이커 떨어진 곳에 살고 있어요. 제가 사 는 집에는 전기도 없고 … 전화도 없어요. … 실은 이렇게 찾아오기 전 에 전화를 드리려고 했어요. 전 주님께서 제가 작가가 되도록 인도하고 계심을 믿거든요. 그리고 선생님께서 그리스도인이고 대학에서 강의 를 하시며 존 웨인에 대한 기사를 쓰셨다는 말을 들었을 때…."

'제 어머니의 처녀 시절 이름을 들어본 적이 있으신가요?' 하고 묻 고 싶었다. 또는 '이렇게 오만한 사람의 집에 오는 것이 겁나지 않았나 요?' 라거나, '당신 아이들이 내 아들의 침실 벽지에 낙서할 때 그들을 잡고 끌어냈어야 하지 않았나요?' 라고 말이다.

헐리우드식으로 비꼬고 싶은 마음을 간신히 참았다. "혹시 글쓰기 강좌를 들은 적이 있습니까?" 수리공들이 기계를 돌리기 시작할 쯤이 이렇게 물었다.

그녀는 소음 속에서 내게 겨우 들릴 정도로 말했다. "방송 통신 강 좌… 동화 쓰기 …."

나도 그 강좌를 알고 있었다. 등록비가 300달러나 되지만 아무것도 배울 것이 없는 강좌였다. 그러나 그녀의 목소리에는 어떤 희망이 있었기 때문에 생각하는 바를 말할 수 없었다.

"출판 경험은 있으신가요?"

"두 달 전에 몇 개의 이야기를 보냈습니다."

"기사를요?"

"동화요."

수리공들은 공사를 하면서 엄청난 냄새를 풍겼지만, 그녀는 개의치 않는 것 같았다. 문득 월셔가에 있었던 냉방 장치된 내 사무실이 그리워졌다. 거기는 겨우 스모그와 담배 냄새가 나는 정도였다. 그리고 모든 사람이 이미 작가였다.

"우리 카페로 가서 홍차 마실래요?" 내가 제안했다. 이 냄새보다는 사람들의 눈총을 받는 편이 더 나았다.

나는 종이 한 장과 『작가의 시장』 최신호를 집어 들었다. 그때서야 그녀는 아이들을 불렀다.

카페는 시원했다. 아이들은 주차장에서 두 마리의 커다란 개를 쫓아다니며 신나게 놀았다. 홍차는 뒷맛이 개운했다. 그리고 사람들이 차마시는 모습을 보지 못하도록 벽 쪽을 쳐다보며 앉아 있었다.

그녀와 충분한 시간을 가지면서 도움이 될 만큼 이야기를 나누었다면, 빨리 집으로 돌아가 변기 물이 제대로 내려가는지 보고 싶었다.

"당신의 글을 어떤 잡지사에 보내셨는데요?"

그녀는 출판사명을 말해 주었고 그것을 『작가의 시장』에서 찾아보았다. 그녀가 말한 출판사에 대한 소개 문구에는 "청탁하지 않은 원고는 받지 않는다"라고 쓰여 있었다.

"그 잡지사의 편집장에게 문의 편지를 보냈나요?"

"그게 뭔데요?" 그녀는 전혀 모른다는 듯이 물었다.

"그것은 당신이 어떤 아이디어를 갖고 있으며 잡지사가 일단 검토해 보기를 원하는지 물어 보는 편지를 말합니다."

"일단요?"

"고려해 본다는 뜻이죠. 그 잡지가 당신의 기사를 싣기 원하는지 아닌지…"

"잡지사에 기사를 보내기만 하면 되는 거 아닌가요?"

"물어 보는 것이 중요합니다. 만약 그들이 '예, 우리는 당신의 글을 보고 싶고 그 아이디어로 어느 정도의 글을 쓸 수 있는지 알고 싶습니다' 라고 말을 한다면, 그들은 당신의 글에 관심이 있다는 뜻이고 그것이 쓰레기 더미로 버려질 염려가 없다는 말이죠. 왜냐하면 그들은 당신의 아이디어를 보고 싶어하니까요."

홍차를 한 잔 더 마시는 동안에 우리는 적절한 문의 편지의 특성에 대해 검토했다.

1) 요점만 간단하게 써라.

2) 잡지에 대한 열정과 가능성 있는 주제를 보여 주라.

3) 잡지사에 대해 정중하고 칭찬이 될 만한 문구들을 반드시 써라.

4) 긍정적인 반응을 기대하고 출판사에 글을 쓰는 기회를 얻을 수 있다고 확실히 기대하라.

5) 작가 지침서를 요구하라.

6) 반송용 봉투를 동봉하여 답변과 작가 지침서를 쉽게 받을 수 있도록 하라.

7) 가장 중요한 요점! 잡지사의 편집장에게 보내는 모든 편지는 반드시 질 좋은 편지지를 사용하여 깨끗하게 타이핑하라. 그 편지지 상단에 당신의 이름과 주소, 전화번호 및 당신에 대한 신뢰도를 높일 수 있는 출판된 글이나 책자를 반드시 기록하고, 만약 어떤 기록도 없다면 이

름 뒤에 '프리랜서 작가'라는 명칭을 붙여라.

내가 전문성을 중요하게 언급했을 때 그 젊은 여자는 실망하는 듯이 보였다. 그녀는 그럴 만한 여력이 없었다. 나는 변호사나 사업가는 타이핑 종이로 보내는 편지를 고려하지 않는다고 설명했다. 그녀는 좀더 전문성을 길러야 했고 얼마간의 투자도 불가피했다.

내가 말한 마지막 내용 역시 그녀를 슬프게 했다.

8) 출판사에 소설을 보내지 말라. 논픽션 기사에 대한 아이디어로 시작하라.

15분 동안 나는 기독교 아동작가로의 성공을 바라는 젊은 여성의 모든 희망을 단숨에 꺾어 놓았다.

"그렇다면 내가 무엇에 관해 글을 써야 하죠?" 그녀는 실망감에 입술을 떨면서 내게 물었다.

"어린이들에게 어떤 의미 있는 일을 하고 있는 사람들에 관해 쓰는 게 어때요? 당신도 알다시피 아이들은 주님의 영광을 위해 완성되어져 가는 대단한 존재이죠! 그런 아이들에 대해 쓸 만한 글이 없으세요?"

사실 그녀는 알고 있었다. 그녀는 장애인 아이들에게 말타기를 가르침으로써 수님께 봉사하는 벗신 여고생 두 명을 알고 있었다. 그녀는 4H에서 양을 키우는 일을 자원봉사로 돕는 학생도 알고 있었다. 이러한 이야기들을 하면서 그녀는 더욱 더 흥분하기 시작했다.

"멋지군요!" 나는 말했다. "이제 다시 우리 집으로 돌아가서 당신이 가장 먼저 해야 할 일이 무엇인지 알아 봅시다."

몇몇 출판사에서는 편지 대신에 문의 전화도 받았는데, 그녀가 선택한 잡지사들 중의 하나가 우연히도 전화로도 문의를 받아 주었다. 바로 이거였다! 나는 즉시 누군가에게 아이들을 맡기고 집으로 다시 오라고 제안했다.

화장실 수리공들이 막 떠났을 때 희망에 찬 그 젊은 여자가 혼자 길을 걸어오고 있는 것이 보였다.

그녀와 내가 전화기를 갖고 식탁에 함께 앉았을 때 그녀는 떨고 있었다. 전화기 다이얼 돌리는 법을 잊어버렸거나 그녀를 놀라게 할 어떤 편집장과 대화하는 일이 너무 부담스러워서일까? 그녀는 현관문을 들어올 때는 전혀 부끄러워하지 않았었다. 그런데 그녀의 신경을 날카롭게 만드는 것이 전화임을 발견했다.

나는 강의 시간에 사용하는 메모지 두 장을 그녀에게 주었다. 그것은 '이야기 아이디어를 갖고 편집장과 대화하기' 와 '편집장에게 전화할 때 기억해야 할 간단한 충고들' 이었다. 내가 아들의 침실 벽에 낙서된 크레용을 빡빡 문지르며 지우고 있을 때 그녀는 그 메모지 두 장을 유심히 연구하면서 빈칸을 채웠다.

우리 집을 방문한 그 젊은 여성에 대한 이야기는 결말이 아주 좋았다. 그날 오후 식탁에 앉아서 전화기로 한 편집장과 통화를 했고, 그녀는 전화 문의에 대한 긍정적인 대답을 얻었다.

그녀는 다음과 같은 지침을 얻고서 우리 집을 떠났다.

집에 돌아가는 즉시 다음의 내용이 담긴 편지를 쓰라고 말했다.

1) 제가 생각하고 있는 기사에 대한 아이디어를 나눌 수 있도록 기회를 주신 것에 대해 무척 감사하게 생각합니다.

2) __주 이내로 그 기사를 보내겠습니다.

3) 당신과 함께 일하기를 몹시 기대합니다.

4) 만약 제 이야기에 추가하고 싶은 내용이 있다면 전화를 주십시오.

　그 젊은 여성의 집에는 전화가 없었기 때문에 새로 알게 된 편집장에게 우리 집 전화번호를 알려 주었다. 그녀 역시 그 날 바로 즉석 인쇄소로 가서 그녀 자신의 편지지를 만들어 편지를 썼다.

　현재 그녀는 유명해졌고 성공한 프리랜서 작가이다. (이것은 꾸며낸 이야기가 아니다!)

12장　연습문제

1. "편집장과 대화하기" 연습 문제지를 완성하라!

2. 전화를 걸라!

이야기 아이디어에 대해 편집장과 대화하기

출판사(잡지사명):
편집장 성명:
진화빈호:
주소:
기사당 단어 수:
한 호당 채택되는 프리랜서 기사 수:
전체의 기사 수:
주제(이야기의 스타일이나 인터뷰, 관심도와 확실한 머릿기사 뉴스인가,
　　부드러운 머릿기사 뉴스인가를 명시하라):
보수:
사용되지 않은 원고에 지불되는 원고료:

나의 이야기 아이디어들:

1)

2)

3)

당신의 이야기 아이디어에 대해 편집장과 대화할 때
기억해야 할 중요한 충고!

1) 편집장들도 당신과 같은 사람이다. 당신은 편집부가 훌륭한 아이디어에 대해 갈급해 하는 바로 그 때에 맞춰서 전화를 할 수 있다. 긴장을 풀고 다음을 기억하라. 즉 당신이 그들을 필요로 하는 만큼 그들도 당신을 몹시 필요로 한다. 친절하고 확신을 가지고 대하도록 하라.

2) 전화를 건 그 출판사에 대해 당신이 잘 알고 있다는 확신을 심어 주어라. 그 잡지사나 출판사에서 발행한 책을 서너 권 읽고 그것에 대한 논평을 할 준비를 하고, 가능하다면 내용과 형식과 같은 것들에 대해 칭찬을 아끼지 말라.

3) 『작가의 시장』에서 편집장의 이름을 찾아서 확인한 후, 그 편집장이 여전히 그 출판사에서 일하고 있는가를 확인할 수 있는 가장 최근호의 발행인란을 살펴보라.

4) 당신이 전화할 때 출판사의 비서가 편집장이 아닌 부편집장이나 편집인들 중의 한 명에게 연결해 줄 수도 있다. 만약 이런 경우가 발생한다면 친절하게 그들을 대하고 그 사람의 이름도 받아 적어 두라! 바로 그 사람이 편집장이 될 수도 있기 때문이다. 오늘날의 부편집장이나 편집인 비서는 내일의 경영 편집장이 될 수 있다는 것을 명심하라!

5) 당신의 이야기 아이디어를 말할 때는 열정을 가지고 하라! 편집장이 그 주제에 대해 관심을 갖도록 흥미를 돋우어 주라!

6) 편집장이 단순히 그 주제에 관심이 없다고 한다면 당신이 제안할 수 있는 다른 주제를 언제든지 준비하여 대처하도록 하라.

적절한 질문으로 대화하기

7) 처음 그 출판사에 연락을 하여 편집장과 대화를 할 경우에는 항상 당신이 갖고 있는 기사에 대해 "일단 한 번" 봐 줄 것을 제안해 보라. 이것은 그들이 의무감을 가지고 당신의 기사를 싣지 않아도 되는 것을 의미한다. 하지만 이것은 또한 전문 작가처럼 당신을 대하게 하는 기회가 될 것이다. 만약 편집장이 당신의 글에 대해 "일단" 보자고 한다면 창의적인 작품 진행 과정에 그들을 끌어들이기 위한 몇 가지 질문을 할 수도 있다.

① "저는 지난 호에 실린 _____가 쓴 기사에 대해 인터뷰나 유사한 내용의 글을 생각하고 있습니다. 혹시 그 기사를 더욱 심도 있게 다루고 싶지 않으세요? 그렇지 않다면 다르게 접근해 보는 것은 어떠세요?"

② "_____ 기사에서는 두 개의 컬러 사진과 세 개의 흑백 사진을 사용하셨던 것으로 알고 있는데, 그 기사를 제가 컬러 사진의 슬라이드로 다시 제출해 볼까요?"

당신은 요점을 파악하고 있다. 이전의 출판물에 실린 기사들과 관련 된 재치 있는 질문 목록을 만든 후에 편집장을 개입시키도록 하라!

13장 마감 시간을 놓치지 말라
Don't Be a Deadbeat!

서원하고 갚지 아니하는 것보다 서원하지 아니하는 것이 나으니

전도서 5:5

때로는 이곳에, 때로는 저곳에서 오늘 밤을 묵는다고 말하라. 사람들은
당신으로 하여금 때로는 이 나라에 가게 하고, 때로는 또 다른 나라로
떠나게 할 것이다. 이렇게 날마다 녹초가 될 때까지 작품을 쓰고 난 뒤
에 할 수 있는 가장 좋은 운동은 신문을 읽는 것이다.

어네스트 헤밍웨이(Ernest Hemingway)

　　레드먼은 높은 초원에서 겨울을 지냈고, 손발을 얼어붙게 하는 눈 속에서 몇 달 간 단련한 덕택에 한쪽 다리의 붓기가 완전히 빠졌다. 수의사가 진찰했을 때 레드먼은 다시는 경마용이 되지는 못해도 시간이 지나면 훌륭한 승마용 말이 될 수는 있다고 설명했었다.

　　레드먼은 태어날 때부터 경주용 말로 훈련받아 왔지만, 산 속 지형에서 익숙하게 살아가는 순종말의 신경질적인 기질은 전혀 찾아볼 수 없었다. 그래서 딸 레이첼은 승용마로서 레드먼을 다시 훈련시키기 시작했다.

　　날마다 그리고 주마다 레이첼은 인내심을 갖고 훈련시켰기 때문에 최소한 레드먼은 오솔길을 잘 지나다닐 수 있게 되었다. 그렇지만 레드먼은 여전히 그 지형에 민감하지 못했다.

　　어느 날 오후, 레이첼이 언덕 아래에 있는 작은 시냇물을 뛰어넘도록 레드먼을 훈련시킬 때 레드먼은 그녀와 싸움을 했다. 레드먼은 몹시 놀라서 빙빙 돌면서 뒷다리를 쳐들더니 다시 한 번 돌면서 시냇가를 건너지 않겠다는 몸짓을 했다. 레이첼은 그 상황을 잘 알고 있었지만, 큰 말과 씨름하고 있는 어린 딸을 바라보면서 그 광경에 다소 불안해졌다.

　　나는 레드먼의 등위에 올라타고는 언덕의 꼭대기까지 올라간 다음 시냇가로 가려고 몰아세웠다. 난 레이첼의 안장에서 등자끈을 늘어뜨리는 것을 신경쓰지 않았다. 그래서 내게는 너무나 짧았다. 레드먼이 시냇가 근처에 갔을 때 비틀거리며 머리를 돌렸다. 레드먼의 움직임 때문에 내가 앞으로 쏠렸을 때 고삐가 풀어졌고, 그 다음엔 끔찍한 상황이 벌어졌다.

　　내 왼쪽 다리가 등자 끈을 앞으로 당기자 갑자기 고삐가 안장 아래에 걸렸다. 레드먼이 다시 중심을 잡으려고 머리를 치켜 올렸지만, 감긴 고삐는 오히려 머리를 세게 잡아당겼다. 레드먼은 다시 머리를 빼내려고 안간힘을 썼다. 이때 그가 앞으로 움직이는 동작이 조절되지 않은 채 시냇가 쪽으로 흔들거렸다. 나는 레드먼이 넘어지는 순간에 빠져 나오려고 애쓰면서 안장 위에서 뛰어내렸다. 나는 말 왼쪽으로 떨어지면서 다리를 뻗었고, 말은 솟아오르는 동시에 뒤로 굴렀다.

지금 기억나는 마지막 장면은 500kg이 훨씬 넘는 거대한 말이 내 위에서 뒹굴고 있는 광경이다. 그래도 운이 좋았다. 내가 깨어났을 때에는 한쪽 다리와 발만 부러져 있었다. 레드먼은 멀쩡했다.

이 이야기가 교훈적이라는 것은 아니다. 작가들에게 안장이 짧은 말을 타고서 절대로 언덕 아래로 가지 말라는 교훈을 전달하는 적절한 방법을 찾아낼 수 없었다! 그렇지만 이 일로 인해 소중한 교훈을 얻었다.

나는 엉덩이부터 발끝까지 깁스를 했다. 글을 다시 쓰고 싶은 생각이 들었을 즈음에는 이미 중요한 잡지사들에 보낼 기사들 중 네 개는 마감 시간을 어긴 상태였다. 내 자신에 대한 실망이 너무나 커서 놓쳐버린 인터뷰의 스케줄을 다시 잡을 만한 의욕을 상실한 채, 목발을 짚고 다시 걸을 때까지 투덜대며 비참하게 몇 주 동안을 그렇게 앉아서 빈둥거렸다.

모든 편집장들은 동정심과 이해심이 있었다. 그것은 말 옆에서 깁스를 한 내 모습을 사진 찍어서 편집상들에게 보낸 것이 도움이 된 것 같다. 난 그 옆에 있는 말들에게 직접 이름 붙였는데 그것은 '미스 마감 시간'과 '미스 백수'였다.

나를 제외한 모든 사람들은 박장대소를 했다!

사람으로서 어떻게 할 수 없는 환경 때문에 마감시간을 놓쳤다면 정당한 이유가 된다. 죽음은 모든 사람이 수긍할 수 있는 변명이다. 그러나 그것 역시 자신의 죽음일 때만 그러하다. 아픈 것도 이유가 될 수 있다. 상처 역시 그러하다. 말이 잘못했을 경우라면.

중요한 것은 작가로서 스스로 신뢰도의 귀감이 되어야 한다는 것이다. 만약 어떤 편집장이 당신의 기사가 금요일까지 도착되길 원한다면 최소한 수요일까지 기사를 쓰고 목요일에는 특급 우편 배달로 보내야 한다. 홍수, 화재, 가뭄, 감정적인 스트레스 등 이 모든 것들이 잡지를 간행해야 하는 편집장에게는 하찮은 이유에 불과하다. 만약 마감 시간을 지킬 수 없다면, 당신이 관 속에 들어 있는 모습을 직접 찍어서 편집장에게 보내는 수밖에 없다. 그래야 그 편집장은 정확하게 당신의 상황이 어떤지 이해할 수 있다.

만약 몇 년 동안 신뢰할 만하고 일관성 있는 작가로서 입지를 세웠다면, 혹은 편집장과 오랫동안 관계를 잘 유지해 왔다면, 당신은 한두 번은 놓쳐 버린 마감시간 때문에 걱정하지 않아도 될 것이다. 그러나 이야기 아이디어 하나를 가지고 편집장과 연결되어 만난 신참 작가라면 마감시간을 지키지 않는 것에 대해 철저한 책임을 져야 한다. 그렇게 하지 않으면 당신의 입에서 나온 보다 깊은 이야기는 빈정거림이 되어 결국 '쓰레기'라고 적힌 휴지통으로 던져질 뿐이다!

유망한 작가를 주저앉도록 만드는 치명적인 장애물들이 작가들의 모임 주변에 도사리고 있다. 이 장애물을 일컫는 부드러운 이름은 바로 미루는 버릇이다. 성경에는 이것을 게으름이라고 부른다.

성경에서 다음 구절을 찾아보라. 잠언서 12장 27절에는 "게으른 자는 그 잡을 것도 사냥하지 아니하나니"라고 말한다. 이야기들을 애써 두루 찾아본 적이 있었는가? 몇 개의 멋진 아이디어를 자루에 가득 담아 두고는 그것들을 하나도 사용하지 않은 적은 없었는가?

잠언서 26장 15절에는 "게으른 자는 그 손을 그릇에 넣고도 입으로 올리기를 괴로워하느니라"고 말한다. 한 이야기 아이디어를 기사화하였으나 제대로 실리지 못한 적이 있었는가? 기회는 바로 식탁 위에 놓여겨 있는데도 이용하지 않는다면 그 기회는 당신이 보는 눈앞에서 썩어 없어질 것이다.

모든 작가는 '손과 입이 서로 협력하는' 관계에 있어야만 한다. 당신은 성공하기 위해서 입이 약속한 것들을 손이 반드시 실행할 수 있어야 한다.

잠언서 26장 13절에는 미루는 버릇을 지닌 사람의 모습을 보여 주고 있다. "게으른 자는 길에 사자가 있다. 거리에 사자가 있다 하느니라."

물론 맞다. 당신에게는 언제나 글을 쓰지 않은 것에 대한 이유가 있다. 아마도 실패를 두려워하고 있는지도 모른다. 아니 피곤할 수도 있다. (우리가 잠언서에서 말한 잠자는 것과 일하는 것이 무엇을 말하는지 깊이 묵상할 필요는 없다.) 당신의 자녀가 침샘 염증에 걸렸을 수도 있다. 아마 배우자와 싸웠을 수도 있다. 혹은 말이 당신의 발을 부러뜨렸을 수도 있다.

이 미루는 버릇이라는 사자에게 어떤 이름을 붙이든지간에 가죽끈으로 그 사자를 길들이지 못한다면 사자는 당신과 모든 희망을 삼켜 버리게 될 것이다.

"저…" 당신은 자신에게 말한다. "이것이 바로 나의 사자입니다. 내가 글을 쓰려고 책상미리에 앉을 때마다 사자는 으르렁거립니다. 단지 며칠 간만 그에게 먹이를 주고 있을 뿐입니다. 그 이후에 사자는 가버릴 것입니다."

불행하게도 작가들의 주위를 어슬렁거리는 사자들은 반드시 거쳐 가야 할 경로인 양 당신을 섬기게 될 것이다. 이런 사실을 염두에 두고서 이제는 바로 이 사자를 때려눕힐 때이다!

이 책을 더 읽기 전에 연필과 종이를 꺼내어 당신의 생활 가운데 존재하는 사자들을 모두 나열해 보라. 그것은 바로 당신이 글 쓰는 것을

방해하는 요소들이다. 그런 뒤 다음의 한 가지 질문을 주님 앞에서 정
직하게 해 보라. "이것은 정말 타당한 이유인가, 아니면 단지 변명인
가?" 작가로서 당신의 소망과 꿈뿐만 아니라 주님 앞에 이러한 것들을
솔직히 고백할 수 있는가?

우리가 이미 논의했듯이 다른 사람들을 위하여 글을 쓰는 그리스도
인들에게는 큰 책임이 있다. 하나님의 음성을 듣고 그분의 인도하심을
따르는 것은 상당한 정직함과 절대적인 정확성을 요구하는 직무이다.
그리스도인 작가의 책임은 쓰여진 언어를 조심스럽게 다루는 것으로
한정되지 않는다. 그리스도인들은 예수님의 이름을 욕되게 하지 않기
위해서 자신들이 하는 일에 있어서 정직하고 공정해야 한다. 이것은 그
리스도인임을 고백한 작가는 반드시 최고로 성실하게 계약상의 의무
사항들을 지켜야만 하는 것을 말한다.

마감 시간이 되면 이것이 가장 명확하게 나타난다. 만약 당신이 주
어진 날짜 안에 작품을 하나 제출하기로 동의했다면, 자신의 능력이
미치는 범위 내에서 그 일을 끝마치기 위해 모든 수단을 동원해야만 한
다. 이것은 오랜 시간을 투자한다든지, 밤을 새워야 한다든지, 다른 즐
거운 시간들을 뒤로 미루는 것 등을 포함한다.

출판 진행 계획은 주변의 많은 사람들과 연관되어 있다는 것을 이해
해야만 한다. 편집, 자료 작성 그리고 실제 인쇄 작업 등에는 반드시 시
간이 필요하다. 그 출판업자가 신앙인이건 아니건 간에 상관없이 작가
때문에 일이 지체되어 계획에 차질을 빚는다면 그것은 화를 자초하는
격이다. 이 최소한의 예의를 완전히 무시하는 행위가 단 한 번만 재발
한다 해도 기회는 다시 오지 않을 것이다. 자주 마감시간을 연장해 달
라고 하는 요구는 좋지 않으며, 당신이 신뢰할 수 없는 사람이라는 오

명만을 남겨 줄 뿐이다.

만약 당신이 그리스도인 작가로서 항상 이 세상에 있는 다른 작가들보다도 신속하게 일을 할 수 있다면 그것보다 더 좋은 것이 무엇이겠는가! 이것은 바로 당신의 원고가 정확한 시간에 정확한 형식을 갖추어 도착된다는 것을 말한다. 또한 필요한 사진과 삽화, 적절한 표제를 붙여 제출된 기사이어야 하며, "이후에 보낼 것임"이란 말이 없어야 함을 의미한다. 또한 편집장의 제안들에 신속하고 친절하게 반응하는 것을 의미한다.

당신에게 해야 할 의무만을 지우는 이 모든 진술은 너무 당연해 보여 언급할 필요가 없을 것 같다. 하지만 불행하게도 명확한 사실들이 종종 무시되거나 간과되는 듯이 보인다. 그래서 많은 훌륭한 아이디어가 출판되어지는 길을 전혀 찾지 못하게 된다. 실제로 책상에 앉아 완성된 작품을 만들어 내는 것보다 문의 편지를 쓰거나 출판사로부터 좋은 반응을 얻어 내는 일이 더 쉽고 흥미진진한 것일 수도 있다. 사탄은 그리스도인들이 하나님 나라를 위해 중요한 일을 못하게 하거나 지연시키기 위해서 일상 생활의 정상적인 방해물을 교묘하게 사용한다.

사탄에게 기회를 주지 않도록 하라! 약속을 지켜서 정확한 시간에 당신의 글을 전달하도록 하라.

14장 있는 그대로의 모습으로 인터뷰하라
Interviewing Unmasked

사연을 듣기 전에 대답하는 자는 미련하여 욕을 당하느니라.

잠언 18:13

인터뷰하는 방법을 배우라. 당신이 어떤 형태의 논픽션을 쓰든지 간에 작품을 진행하면서 얼마나 많이 자연스럽게 인용을 해내느냐에 따라 생동감이 넘치게 된다. 사실 어떤 조그만 단체의 역사나 어느 지역의 사소한 문제들을 가지고 재미없는 기사를 쓰고 있다면, 독자들의 관심을 끌 수 있을끼린지 자신도 집중하기 힘들다는 사실 때문에 스스로 움츠러들게 될 것이다. 그러나 용기를 내라. 만약 당신이 사람들의 흥미에 닿는 요소를 찾아 낸다면 해결책을 발견하게 될 테니까…. 생색을 내야 하는 일 뒤에는 거의 그런 곳에 자신의 모든 장래가 달린 것처럼 생각하는 정치가와 최저 생활 수준에서 처참한 인생을 살아온 과부와 이런 부류의 사람들을 깨끗이 쓸어 버릴 수 있을 것이라고 생각하는 바보 같은 입법가들이 뒤얽혀 있다. … 이런 사람들을 찾아서 생생한 이야기를 들려 주라. 그러면 당신의 글은 단조롭지 않을 것이다.

윌리엄 진저(William Zinsser)

그녀는 그리스도인으로 친한 친구였으며 작가가 되고 싶어했다. 그러나 우리가 서로 오랜 세월 동안 알고 지냈어도 내가 여러 모로 도움을 줄 수 있다는 사실을 그녀는 전혀 생각을 하지 못했었다. 그래서 어느 해엔가 그녀의 생일파티에서 나는 두 가지 질문을 했다. "올해에 네가 만나 보고 싶은 유명 인사는 누구니? 넌 어떤 잡지에 네 글이 실렸으면 좋겠니?"

첫번째 질문에 대해서 그녀는 즉시 유명한 신앙인 가수의 이름을 말했다. 난 수 미(Sue Mee)에게 전화를 했다(그녀는 내가 그녀의 가명을 쓰지 않아도 된다고 했다).

두 번째 질문에 대해서 그녀는 무심결에 "난《새터데이 이브닝 포스트》(Saturday Evening Post)에 글이 실렸으면 좋겠어!"라고 말했다.

그날 오후 우리는 내가 알고 있는《새터데이 이브닝 포스트》의 편집장에게 전화를 해서 그가 "수미의 가정 생활"에 관한 기사를 '검토해' 보겠냐고 물어 보았다. 그는 좋다고 했다. 그가 일단 한 번 그 기사를 보기 원한 이유가 무엇일까? 결국 그는 그 기사를 사지 않았다.

그 일에 있어서 우리가 해야 할 두 번째 순서는 헐리우드에 있는 배우 조합(Actors Guilds)에 전화해서 수 미의 매니저 이름과 주소 및 전화번호를 알아내는 것이었다. 이것 역시 간단한 문제였다.

그 다음 단계는 조금 더 어렵게 느껴졌다. 어떤 매니저나 신문사 대리인을 통해 계획을 세우고 인터뷰하는 것은 항상 쉬운 일이 아니지만, 그것이 유일한 방법이기도 하다(만약 당신이 개인적으로 그 유명 인사를 알고 있지 않다면 이것이 가장 적절한 방법이다). 매니저들에게는 그 스타들을 만나길 원하는 수많은 전화와 편지가 언제나 쇄도한다. 그래서 그들은 인터뷰를 하고자 하는 정확한 목적을 설명하고, 접촉하고 있는 출판사의 편집인 이름을 편지로 알려 달라는 요구를 할 것이다.

우리는 대리인에게 전화를 한 다음 곧바로 인터뷰의 목적과 보도 자료를 요청하는 편지를 곧바로 썼다. 보도 자료는 대개 그 유명 인사의 사진, 이력서 및 다른 통보용 자료를 포함하고 있다. 종종 그들이 가지고 있는 사진들은 당신이 직접 찍는 것보다 훨씬 더 우수하고, 그 스타의 일대기와 다른 자료들은 인터뷰하는 동안 물어 볼 질문들을 뽑는 데 도움을 준다.

다행히도 우리는 수 미와의 인터뷰 날짜를 잡는 데 어려움을 겪지 않았다. 인터뷰 하루 전날 로스앤젤레스로 갔다. (그런데 실제로 이번에도 로스앤젤레스 고속도로를 이용해야만 했다.) 우리는 405번 고속도로에 있는 홀리데이 인에 머물렀는데, 이곳은 내가 수년 간 이용하던 곳으로 수 미의 집에서도 몇 분 안 되는 곳에 있었다.

이제 이야기는 흥미를 더해 간다.

내 친구는 옷장에 있는 옷을 모두 가져왔는데 인터뷰를 할 때 무슨 옷을 입어야 할지 몰라서였다. 친구는 인터뷰 시간이 되려면 아직도 멀었는데도 아침 6시부터 일어나 거울 앞에서 자신이 가지고 온 옷들을 하나씩 입어 보고 있었다.

"이 옷은 어때?"

"이것 괜찮아?"

"이 스웨터를 입으면 어떨까?"

나는 아직 창가에 있는 가방을 열지도 않았다. 특히 호텔 방은 무척이나 싫어했고, 더욱이 해가 뜨기 전에 일어나는 것도 몹시 싫어했다.

"글쎄, 전문적인 직장 여성처럼만 보인다면 그녀는 네가 무엇을 입든지 상관하지 않을 거야." 친구에게 말했다. "네가 가져온 정장 네 벌 중에서 하나를 골라 입는 게 낫지 않을까? 내가 장담하건대 그녀도 너

와 같은 사람이야. 그녀도 우리를 만나는 일로 상당히 긴장되어 있을 거라구. 그러니 이제 진정해!'

친구는 들뜬 마음을 가라앉히지 못했다. 그녀는 그 정장 중의 하나를 입고서 아침 식사를 하러 가는 길에 층계를 오르다가 그만 팬티 스타킹에 구멍을 내고 말았다. 끔찍한 일이었다. 405번가에 있는 홀리데이 인에 있는 상점에는 여성용 팬티스타킹이 준비되어 있지 않았다. 난 내가 알고 있는 가게로 가 보았다. 돌아와 보니 친구는 다른 옷으로 갈아입은 채 화장을 고치고 있었다.

"좀 마음을 가라앉혀." 그녀의 입술이 불안하게 떨고 있는 것을 보면서 말했다.

"말은 쉽지! 넌 이미 존 웨인을 만난 적이 있잖아!'

"글쎄, 그도 그냥 평범한 남자였다고. 내가 말하고 싶은 것은 그런 스타도 역시 사람이라는 점이야!'

그녀가 새 팬티스타킹을 신고 다른 정장으로 갈아입은 후—푸른 눈에 어울리는 푸른색 정장을 입었다—에 선셋가(Sunset Bloue-vard)로 차를 타고 갔다. 친구는 비벌리 힐즈를 통해 성도(星圖, Star Maps)를 따라가는 여행객들처럼 멍하니 넋을 잃고 수다를 떨었다. 흥분을 가라앉히지 않으면 인터뷰를 망칠 거라고 말했다. 전화해서 인터뷰를 취소할 수도 있고, 그 잡지사에 말해서 수 미와의 인터뷰가 성공하지 못했다고 말할 수도 있었다.

즉시 그녀는 뉘우치는 듯 조용해졌다. 그녀의 입술은 여전히 떨고 있었지만, 우리가 선셋가에 도착해 수 미의 멋지면서도 평범해 보이는 집 앞에 주차할 때 쯤에는 안도의 한숨을 내쉬며 미소지었다. 혹시 그녀는 궁전을 기대했었나?

현관의 불은 켜져 있었고 두 개의 빈 물병이 현관 계단에 놓여 있었다. 길 옆에는 스테이션 왜건(station wagon)이 한 대 있었다. 이 집은 보통 사람이 사는 평범한 집처럼 보였다.

정각 11시가 되자 우리는 문을 두드렸다. 조용했다. 안에서 인기척이 없었다. 일 분이 정확하게 지났다. 난 다시 문을 두드렸다. 또다시 조용했다. 그리고 일 분이 또 지나갔다. 이번에는 초인종을 울리면서 문을 두드렸다. 우리가 잘못 안 것일까? 날짜가 틀린 것일까? 아니면 시간이 틀린 걸까? 혹시 집을 잘못 알았을 수도?

친구는 점점 조용해지면서 실망감으로 얼굴이 굳어졌다. "어떻게 하면 좋지?" 그녀는 물었다.

"점심 먹으러 가서 전화해 볼까?"라고 내가 제안했다.

우리는 다시 한 번 문을 두드렸고, 그때 안에서 인기척 소리가 들렸다. 아, 됐다! 조용한 집 안에서는 어린아이의 날카롭고 경쾌한 울음 소리가 들렸다! 이 울음 소리는 우리가 재차 큰 소리로 문을 두드리자 다시금 울려나왔다.

잠시 후 문이 약간 열렸다. 문 손잡이를 잡고서 한 여자가 삐죽이 얼굴을 내보였다. 그녀의 머리카락은 마치 번갯불을 맞은 듯했다. 그녀의 눈 주위에는 검은 마스카라 자국이 있었고 뺨도 얼룩얼룩했다. 이런 몰골을 한 여자가 누구였던가?

"누구시죠?" 그녀는 쉰 목소리로 말했다.

"저…제 이름은 보디 던이고요…. 저희는 《새터데이 이브닝 포스트》에서 나왔습니다. 저어기 11시에 약속을 했는데요."

갑자기 문이 활짝 열렸다. "오 이를 어쩌지! 깜빡 잊고 있었어요! 어서 들어오세요!" 남편의 붉은색 파자마를 입고 그 곳에 서 있었던 여자가 바로 수 미였다. 그녀는 잠을 자고 있었다. 아침에 일어나는 것이 곤역이라고 느끼면서 계속 자고 있었던 것이다!

나는 흐트러진 유명 인사의 얼굴이 입고 있던 파자마만큼이나 빨개지는 것을 보지 않으려고 애를 썼다. 그녀는 이제 막 일어나 잠이 덜 깬 사람같았다. 맞다. 그러한 상황에서는 누구라도 그러하듯이 그녀는 엉망이었다.

한편 내가 공손하게 그녀를 보지 않기 위해 노력하면서 다른 시간에 다시 와도 괜찮으냐고 말하고 있는 동안에 내 친구는 얼굴 가득 미소를 지으며 멍하니 그녀를 바라보고 있었다. 얼굴에 번진 마스카라와 덩치에 어울리지 않는 빨강색 파자마를 대하자 그녀는 마음이 편해졌던 것이다.

당황한 여주인은 잠깐만 기다려 달라고 요청했다. 그녀가 몸을 추스리러 들어간 사이에 내가 아주 좋아하는 〈덤보〉(Dumbo)라는 영화를 비디오로 봤는데, 너무 일찍 일어나 잠자고 있는 엄마를 깨우며 괴롭혔던 어린아이도 즐겁게 소리를 지르면서 함께 앉아 있었다.

수 미는 열심히 위엄을 찾으려고 노력했지만, 난 그녀가 우리와 똑같은 사람임을 알고 있다. 그녀와의 인터뷰는 이제 막 걷기 시작하는 아기가 간헐적으로 방해하는 바람에 중단되기도 했다.

《새터데이 이브닝 포스트》에 실린 그 기사는 큰 지면을 차지하지는 못했지만 매우 기억이 될 만한 것이었다. 그리고 친구는 이제 어느 누구를 만나더라도 쉽사리 긴장하지 않았다.

사람들 모두가 독특하고 개성이 있으며, 예측할 수 없는 존재이기 때문에 인터뷰 역시 독특하고 개성이 있으며 기대하지 못했던 일들이 발생한다. 그러므로 인터뷰에 대해서 내가 여러분에게 줄 수 있는 충고는 아무 것도 없다. 단지 몇 가지 힌트는 줄 수 있다.

1) 가능하다면 인터뷰하려고 하는 사람에 대해 쓴 다른 기사들을 먼저 조사해 보라. 좀더 심도 있게 기사를 쓰고 싶은 부분이 있음에도 다른 작가들이 이를 간과한 사실을 알게 될 것이다. 다른 기사에서 다루지 않았던 것이 무엇인가? 이 사람에 대해 알고 싶은 다른 무엇이 있는가?

2) 질문 거리를 목록으로 만들어 보라. 6하 원칙에서 주제들을 찾아내라. 만약 당신이 대화를 이끌어 가야 한다면 직접 질문 목록을 만들면 더욱 좋다.

3) 만약 대화하고 싶은 사람을 우연히 만나 인터뷰하게 되었다면, 미리 준비된 질문으로 인해 대화의 흐름이 깨지지 않도록 하라.

4) 인터뷰하기 전에 녹음기를 점검하라.

5) 여분의 공테이프와 건전지를 준비하라. 필요한 경우가 발생할 수도 있다.

6) 만약 사진이 필요하다면 인터뷰할 대상에게 사진을 좀 찍겠다고 하자. 성능이 좋은 사진기를 준비한 뒤, 당신이 능숙한 사진사가 아니라면 사진에 능한 사람을 찾도록 하라. 그렇지만 그럴 경우에는 당신과 함께 갈 것임을 인터뷰할 사람에게도 충분히 알려 주라.

7) 마지막에는 언제나 "무엇이든지 좋으니 끝으로 하실 말씀이 있습니까?"라고 묻거나 비슷한 질문으로 인터뷰를 끝내라. 그렇게 하면 생각하지도 못했던 훌륭한 이야기를 들을 수 있다.

8) 경우에 알맞은 옷차림을 하라. 화려하게 입지 말라. 대부분의 경우 일반적인 정장이 가장 무난하다. 경마 기사를 쓰는 것이 아니라면.

9) 당신이 여성이라면 여분의 팬티스타킹을 늘 준비하라.

15장 다양한 시각으로 접근하라
Loving a Many-Slanted Thing

모든 수고에는 이익이 있다.

잠언 14:23

작가들은 종종 경마가 견실하고 안정된 일이라고 묘사하기도 한다.

존 스타인벡(John Steinbeck)

그때 난 목발을 짚고 있었다. 엉덩이와 허벅지를 다쳐서 깁스를 한 채, 테비스 컵(Tevis Cup)으로 잘 알려진 경마를 취재하기 위해 타호 호수(Lake Tahoe)를 감싸고 있는 산으로 들어갔다. 경주는 100마일의 거리로 캘리포니아에 있는 스쿼 계곡(Squaw Valley)에서부터 시작해서 어번(Auburn)까지 험악한 산악 지대를 달리도록 되어 있다. 한 마리의 말, 한 명의 선수가 24시간 안에 100마일을 주파해야 한다.

원래 나는 말을 타고서 그 경주를 취재하기로 계약되어 있었지만, 지금은 350명의 선수들이 보여 주는 탁월한 승마 실력을 멀리서 쳐다보는 것으로 만족해야 했다. 다른 잡지사에서 온 12명의 취재진들은 캠프장 주위를 돌아다녔다. 그들은 녹음기와 사진기를 들고서 당황한 표정으로 이리저리 허둥대고 있었다. 경마장은 말 운반용 차량, 수의사들, 경마들, 관계자들과 구경꾼들로 정신이 없었다. 땅은 목발을 짚은 작가가 취재하기에는 거의 불가능하도록 구덩이들과 말의 배설물로 더럽혀져 있었다.

절망감에 빠져 브록을 쳐다보았다. "제대로 해낼 수 없을 것 같아요. 지금 당장 잡지사에 전화해서 말해야겠어요."

"하늘이 무너져도 솟아날 구멍은 있는 거라구." 브록은 싱긋이 웃으며 말했다.

그래서 난 침을 힘껏 삼킨 뒤, 용기를 내어 말의 호흡을 체크하고 있는 수의사에게로 다가갔다. 그 수의사가 말을 검진하는 것을 바라보면서 '말과 수의사는 서로를 잘 알고 있으리라' 고 생각했다. 그러면서 옆에 있는 사람에게 "저 수의사의 이름을 아세요?" 라고 속삭였다.

다행히 그 카이보이는 알고 있었다. 이 정보를 가지고 수의사에게 다가갔다. "제 이름은 보디 던입니다. 작가입니다."

"무슨 일 있었소?" 그는 내 목발을 쳐다보았다.

"말이 저를 덮쳤어요."

이제 그는 존경심으로 날 쳐다보았다. 다른 저널리스트와는 달리 여자 기수처럼 보였던 것이다! 다른 작가들이나 사진사들은 땅에 거의 닿지 않는 짧은 청바지를 입고 부츠를 신고 있었다. 그러나 나는 목발 끝에 말똥을 묻히고 있었고, 내쪽에서 뭔가 얘깃거리를 갖고 있었다. 그렇다! 그 의사는 내게 얘기하는 것이 잃어버렸던 옛 친구를 만난 듯 즐거워 보였다. 그러면서 나를 최고의 경마 기수들에게 소개시켜 주었다.

브록은 내가 녹음기로 녹음해 가는 동안에 스냅 사진을 찍어 주었다. 누군가가 잔디밭에 놓여 있는 의자를 가져 와서 앉도록 해 다리를 쉴 수 있었다. 천국에 있는 듯했다. 경마가 시작하기도 전에 12개의 기사를 쓸 수 있는 충분한 자료들을 얻게 되었다.

이것이야말로 우리 작가들이 꿈꾸는 상황이다. 너무나 많은 자료들! 내가 쓸 수 있는 것 이상으로 테비스 컵에 관해 한 권의 책을 쓸 수 있을 정도였다. 뭔가를 좀더 찾아본다든지 소재들을 구하기 위해 시간을 허비할 필요가 없었다. 한 기수당 한 마리의 말, 하루에 100마일, 그리고 한 잡지당 한 개의 기사!

어디에서부터 서두를 꺼내야 할까? 어떤 시각으로 이야기를 써나가야 할까? 같은 호에 데비스 컵에 관한 여러 개의 기사를 싣기 위해선 이 아이디어에 대해 편집장과 상의를 해야 될까? 그것이 바로 결정해야 할 첫번째 선택이었다.

가능성 있는 이야기의 목록을 정리한 후에 편집장에게 연락해서 한 가지만 선택하라고 했다. 그가 결정을 못했기 때문에 이번 호에 서너 개의 이야기들을 실어 줄 의향이 있는가를 물었다. 그는 하루 동안 이 제안을 고려하고 난 후에 내게 연락을 주었다. 내 생각으로는 한 가지 이야기만으로도 충분할 수 있다. 그리고 과연 내가 금요일까지 그 이야기를 그에게 전달할 수 있을까?

그는 레드먼이 나에게 덥쳤을 때 약속을 어겨야만 했던 편집장들 중 한 명이었기 때문에 이번에는 마감 시간보다 3일 빨리 기사를 작성해서 그의 책상에 올라가도록 했다.

실렸으면 하는 멋진 이야기들이 아직도 많이 남아 있었다. 다시 한 번 그 목록들을 검토하면서 어떤 기사가 정기적으로 기고하고 있는 잡지들에 맞는지 생각해 보았다. 그 중 하나는 유명한 여성 잡지사에, 다른 하나는 미국 역사 저널에, 세 번째는 또다른 경마 잡지에 적합했다.

각 편집장의 마음을 사로잡을 수 있는 주제들을 주의 깊게 선정한 후, 몇 분 간 전화통화를 해서 이러한 잡지사들에 각각 세 개의 추가 기사들을 '검토용으로' 내일 아침까지 보내기로 약속했다.

여기에 모든 프리랜서 작가들을 위한 교훈이 한 가지 있다. 그것은 가능한 한 많은 정보를 모으라는 것이다. 최대한 가능성을 키워라. 할 수 있는 대로 재정적인 능력을 확보하라!

한 번의 경마로 할 수 있는 일이 무엇인지 스스로에게 물어 보라. 당신의 흥미를 끄는 한 가지 주제로 할 수 있는 것은 무엇인가? 테비스 컵에서 얻은 자료들로부터 내가 쓴 기사들 중에서 한 머릿기사를 다음에 실어 보았다. 쭉 읽어 보도록 하라.

여성 잡지

해마다 그 유명한 테비스 컵 산악 경마의 조용한 여파로 인해 많은 소문과 이야기들이 난무했다. 누가 승리를 했는지에 대한 실제 상황을 두고 사람들은 '이렇게 했더라면' 이라든가, '거의 어쩔 뻔했다' 든가, '했을지도 모른다' 든가, '했어야만 했는데' 라는 식으로 이야기 꽃을 피운다. 상황도 다소 좌우하겠지만, 기술과 승마술에 따라 일등과 꼴찌라는 엄청난 차이를 만들어 낼 수 있으며, 일등과 10위 안에 드는 경주자 간에는 순식간에 결정이 나 버린다.

작년 테비스 컵의 우승자인 마조리 프라이어(Marjorie Pryor)는 다시 한 번 우승컵을 받겠다는 희망에 그녀의 13년생 아라비안 말과 함께 험악한 산악 지형을 돌아서 왔다.

미국 역사 저널

열정이 넘치는 젊은 저널리스트인 에드워드 생귀네티(Edward Sanguinetti)가 사상 처음으로 아라비안 말을 탄 이후로 거의 100여 년이 흘렀다. 《하퍼의 새 월간》(*Harper's New Monthly Magazine*)에 기록된 순종말에 대한 그의 칭찬은 두 명의 젊은이의 상상력을 자극했는데, 그들은 또한 "젊은이여, 서부로 가라!"(Go West, Young Man!)라고 말한 호레이스 그릴리(Horace Greeley)의 충고를 진지하게 생각하고 있었다.

경마 잡지 1

100마일 테비스 컵 산악 경마에서 최고의 베테랑인 DVM의 토드 넬슨 박사(Dr. Todd Nelson)는 스퀴 계곡 너머를 쳐다보았다. 그 계곡의 바닥은 날렵하고 민첩한 말들과 경쟁자들로 가득했다. 넬슨 박사는 조용히 말했다. "자신의 말에 대해 더 많이 알고 있는 경주자보다 지구력 있는 사람들이 경마에서 이길 것입니다."

경마 잡지 2

15회째 테비스 컵 경마를 주관해 온 스태프들 중 주요 베테랑인

DVM의 토드 넬슨에게 있어서 이 행사는 삼일 주야라는 장시간의 힘든 경주를 의미한다. 그는 이렇게 말했다. "경주 전후로 또는 경주 도중에 말들은 아마도 보통 평생 동안 진단받는 것보다 훨씬 더 많은 진단을 받는다."

　위의 네 개의 기사는 다양한 요령으로 쓰여졌다. 각각은 그 잡지의 스타일에 적합해야 하고 전적으로 강조점이 다르다.
　이야기 초점을 다양화하는 것은 당신을 개발하고 수입을 올리는 좋은 방법이다.

15장　　연습문제

자신이 알고 있는 가장 확실한 이야기 아이디어를 점검해 보라. 그것을 표현하고 그 사실을 발전시키는 것에 관한 세 가지 다른 접근 방법들을 생각해 보라.

16장 원고 내용의 편집을 두려워 말라
Editing Till It Hurts

> 헛된 것을 더하게 하는 많은 일이 있나니 사람에게 무엇이 유익하랴.
>
> 전도서 6:11

> 대부분의 작가들이 그러하듯이 나도 글 쓰는 것을 좋아하지 않는다. 단지 글이 완성되는 것을 좋아한다.
>
> 윌리엄 진저(William Zinsser)

> 노력 없이 쓰여진 글은 대개 독자들의 반응으로 나타난다.
>
> 사무엘 존슨(Samuel Johnson)

일단 기사 하나를 쓰든가 소설의 한 장을 완성했다면, 그 때부터 정말로 힘든 작업이 시작된다.

우선 남편인 브록은 내가 쓴 모든 글을 빠짐없이 읽어 준다. 그 다음 우리는 이 자료의 장점과 단점에 대해 토론한다. 이런 과정이 때로는 고통스러울 수 있다는 것을 인정하지만, 거의 매번 그의 평가가 옳았다.

이런 때 나는 원고를 덮어두고 진공청소기로 카페트를 청소하면서 열을 식힌다. (보통 진공 청소기로 청소를 하다 보면 너무 많은 소음이 나기 때문에 내가 소음을 낼 필요는 없다!)

다시 제 자리로 돌아오고 싶은 마음이 생길 때 그 자료를 다시 읽을 준비가 된 것이다. 작가가 되어야 하는 사람에게는 이것은 불가피한 것이다. 이것이 작가의 현실인 것이다.

신인 작가들은 훌륭한 글이 여러번 고쳐진다는 것에 대해서 별로 생각하지 못한다. 만약 그들이 세미나에 많이 참석하여 워크숍을 통해 제대로 훈련받고, 글쓰기 책을 읽고 자신의 글에 대해 충분히 생각하기만 한다면 자리에 앉아 글을 쓸 때 종이나 워드 프로세서로 옮겨 놓는 모든 어휘들을 완벽할 것이라고 생각한다. 더욱 심각한 것은 그러한 어휘들이 절대로 고칠 수 없다고 생각하며, 그들이 쓴 글에 뭔가를 덧붙여서 발전시킬 수 있다고 제안하는 사람을 무시한다는 사실이다.

사실 이 말은 극단적이고 비합리적으로 들릴 수도 있지만, 거기에는 일단의 진리가 담겨 있다. 글쓰기란 결코 쉽지 않은 일이기는 하지만, 작가들은 자신들이 완성된 작품의 형태로 이루어 놓은 것을 고치는 것에 대해 무분별하고 심지어 잔인하다고 느낄 수도 있다.

그러나 글을 다시 고치는 것은 당신의 글이 독자에게 보다 쉽게 다가가도록 하기 위한 한 가지 목적 때문이라는 것을 명심하라. 독자들은 어려운 이야기를 애써 따라가려고 하지 않으며, 말하고자 하는 것이 무엇인지 이해하기 위해 전체 문단들을 다시 읽으려고 하지도 않는다. 그리고 독자들은 글을 다 읽었을 때 내용과 주제를 다루는 방식 모두에 만족해야 한다.

다음의 예를 잘 고려해 보라. 배가 몹시 고픈 사람이 맛있는 음식을 먹기 위해 신중하게 고른 식당으로 들어가 앉았다. 그 사람은 맛있고 잘 준비된 음식에 대한 값을 지불하고 그에 상응한 음식을 기대할 권리를 갖고 있다. 또한 주문한 음식을 알맞은 예우에 따라 대접받길 기대한다. 즉 후식이 수프 먼저 나오면 안 된다. 그는 이전에 경험하지 못했던 음식이나 새로운 방법으로 조리된 음식을 맛보고자 하는 반면에, 생선의 가시를 너무 많이 추려 내야 한다거나 더러운 테이블에서 음식을 먹는 것은 생각지도 않을 것이다. 식사가 끝났을 때쯤 그는 여러 가지 음식이 무척 맘에 들었고 전체적인 식사에 만족한다고 말할 수 있어야 한다. 훌륭한 식당 주인이라면 음식을 주문한 사람이 기분 나쁘게 식당을 나갔을 경우 다시는 방문하지 않으리라는 것을 잘 알고 있다. 이처럼 독자들도 그들을 실망시키거나 불쾌하게 만드는 작가에 대해 신뢰감을 갖지 않는다.

이것을 염두에 두고서 교정 과정에 대한 실제적인 지침 몇 가지를 보자.

우선, 주의 깊고 냉철하게 당신이 쓴 기사의 초고를 읽고 글의 약점을 지적해 줄 수 있는 믿을 만한 사람을 찾으라. 자신의 작품을 읽어 줄 수 있는 사람이 여러 명이어도 좋다. 그 다음엔 2~3일 후에 그들이 지적해 준 것을 가지고 기사를 다시 읽으면서 구체적인 부분을 조심스럽게 살피면서 고치라.

어휘 선택

이것은 우리가 가장 적절한 단어를 고르는 데 많은 시간을 소비해야 한다는 것이 아니다. 실수를 발견하여 즉시 지적해 줄 수 있는 타이핑 작가나 도움이 되는 배우자 또는 친구를 구하거나 교정을 제대로 해 줄 수 있는 사람을 구하라.

어휘 선택이란 당신이 의도한 바에 가장 적절한 단어를 고르는 것을 의미한다. 예를 들어 '진부한(obsolete)'이라는 뜻은 '오래 된(old), 시대에 뒤떨어진(outdated), 혹은 새로운 모델로 교체할 필요가 있는(in need of replacing with a new model)'보다도 독자들의 관심을 훨씬 더 효과적으로 끌 수 있다. 또한 당신이 선택한 어휘가 정확한지 확인하라. 예를 들어 '신뢰할 수 있는(credible)'을 써야 할 곳에 '쉽사리 믿는(credulous)'을 사용해서는 안 된다.

'끔찍한(awesome)' 혹은 '엄청난(gross)'과 같은 속어를 사용하지 말라. 이러한 속어는 용인될 수 있는 어휘이기는 하나 자주 과용되거나 잘못 적용되어 왔기 때문에 대체로 사용하지 않는 것이 현명하다. 특수 용어를 사용할 때도 각별히 주의하라. '램(ram)' 혹은 '롬(rom)'과 같은 단어는 일일이 설명하지 않아도 컴퓨터광에게만 통하는 잡지에서는 통용된다. 그리고 '구속받은(redeemed)'과 '의인이 된(justified)' 역시 신앙인 독자층에게만 완전히 통용되는 용어일 뿐 일반 비종교인들에게 사용해서는 안 된다.

어휘로 독자들을 제압하려고 하지 말라. '지각 있는 존재가 노쇠했다(The sentient being was senescent)'는 식의 문장은 웅변조로 들릴 수 있지만, 어떤 독자라도 두 줄도 채 읽지 못해 사전을 뒤적거리길 원치 않는다. 마찬가지로, 지나치게 평범하다든지 또한 근사하게 쓰려고 애쓰지 말라.

끝으로, 한 단어나 표현을 과용하지 않도록 조심하라. 초고를 교정한 문단을 다시 읽을 때 '전이된(transported)'이란 단어가 세 번이나 사용되어 있을 수도 있다. 세 번 중 두 단어는 '바꾸는(carried)'이나 '이동한(moved)'으로 바꿔야 한다.

당신의 어휘 사전과 일반 사전은 이 과정을 진행하는 동안에 많이 닳아 있어야 한다.

문장 구조

당신이 말하고자 하는 것을 독자들이 쉽게 이해하도록 만들라. 보다 간결한 문장은 언제나 길고 복잡한 문장보다 낫다.

구두점은 반드시 정확하게 찍어야 한다. 구두점이 문장의 의도를 제대로 파악하도록 도와 주지 않는다면, 그 문장을 정확하게 읽을 수 없고 문장 안에 담긴 뜻도 바르게 전달될 수도 없다. 괄호나 감탄 부호와 같이 독자들의 주의를 모으는 구두점은 종종 적절하게 쓰일 수 있지만, 될 수 있으면 자제해서 사용하라. 그렇지 않으면 효과를 상실하거나 독자들을 혼란스럽게 할 수 있다.

어색하게 구성된 문장은 의미를 왜곡하며 때때로 우스운 결과를 낳는다. "난 언젠가 골동품 가게를 쇼핑하고 있는데, 그 기계를 나올 때 아주 근사한 시계 하나를 보았다"라는 문장을 보라. 이 문장의 의미를 알겠는가? 미안하지만 이런 식의 의도하지 않은 유머는 정신만 매우 산란스럽게 만들고, 독자의 관심은 부주의한 글쓰기로 인해 문장이 말하고자 하는 의도를 놓치게 된다.

수식 어구의 과다한 사용으로 인해서도 문장이 훼손되거나 그 효과가 감소될 수도 있다. 이야기가 교리적으로 들리는 것을 피하기 위하여 작가들은 종종 '다소(somewhat)'나 '수없이(many times)'와 같은 불

필요한 어휘들을 과다하게 사용하는 경향이 있다. 이런 것들로는 "수년 간 흡연해 온 사람들은 금연하는 데 어려움을 겪고 있습니다"와 같은 직접적인 내용을 "수년 간 수없이 흡연해 온 사람들은 금연하는 데 다소 어려움을 겪어 왔습니다"와 같은 식의 귀찮은 문장을 예로 들 수 있다.

사려 깊은 작가라면 계속 이어지는 문장들을 피할 것이다. 만약 특별한 구절이 포함되어야 한다면 그 구절을 다른 문장의 일부로 만들든가, 아니면 다른 곳에 대체하는 것을 고려해 보라. 한 예로서 인터뷰 연습을 한 후에 작문을 공부하는 학생이 쓴 다음 문장을 자세히 보라. "척 로버슨(Chuck Roberson)은 위험과 광기가 가득하며 험하고 거친 인생을 살아왔음에도 불구하고 인물이 훤한데, 특히 그는 이런 말을 들으면 아주 흐뭇해 한다." 휴우! 이 문장은 최소한 두세 개의 문장으로 나눌 수 있다.

끝으로, 주어와 동사의 일치, 시제 및 복수 만들기 등에서 범할 수 있는 흔한 문법적인 실수들에 주의하라. "그들은…였다(they was)"(주어·동사의 불일치—역자 주)나 "과거의 차들은 이렇다(in the old days cars are)"(시제의 불일치—역자 주)와 같이 쉽게 범하는 실수는 독자의 귀에 매우 거슬리게 되고 생각을 가로막고 신경을 날카롭게 만든다.

내용

말보다 보여 주는 것이 훨씬 더 낫고, 당신에 의해 인용된 어떤 사람의 일화는 스스로 만들어 낸 이야기보다 훨씬 더 효과적이다. 일화와 인용과 통계는 독자들에게 신뢰감을 높여 주기 때문에 적절하게 사용되고 있는지 자신의 작품을 검토하라. 단지 당신의 개인적인 의견을 제시하는 것에 만족하지 말라.

편집 과정을 거치면 된다는 유혹과 싸우라. 만약 당신이 어떤 관점을 강조하려고 한다면 독자가 그 의견에 대해 읽을 만한 가치가 있는 것임을 인정하도록 합당한 말들로 꾸며 보라.

무엇보다도 교정된 문장이 느슨한 결말을 견고하게 만들고, 당신이 제기한 모든 질문들에 대한 답을 줄 수 있는지 확인하라. 이것이 비록 미세하게 구분되지만 아주 중요하다. 만약 한 논쟁점이 당신의 기사가 다루는 범위 내에 있지 않다면 아예 제기하지 않는 것이 더 나으며 부적절하게 언급하려고 애쓰지 말라. 만약 독자들이 당신의 작품을 읽은 후에 스스로에게 질문을 하게 된다면 좋은 일이다. 당신은 독자들에게 더 많은 지적 욕구를 채워 주는 데 관심이 있다. 그러나 기사의 문맥에 맞지 않게 질문을 던지고서도 이를 무시하거나 답을 찾지 못한 채로 남겨 둘 수도 있다. 이와 같은 태도는 독자들에게 불만을 품게 할뿐 아니라 마땅히 해야 할 질문에 답하지 않는 무례를 범하는 것이다.

예: "당신의 기억력을 향상시키는 세 가지 주요 사항이 있다. 첫번째는 집중하는 것이다. 두 번째는 대강의 줄거리를 머리로 그리는 것이고, 세 번째는 잊어버려라."

당신 편에서도 독자에게 불만을 가질 수 있지만, 확실한 결말을 내지 않거나 대답하지 않은 질문들을 남겨 둔다면 독자들이 느끼는 것도 마찬가지이다. 독자들에게 당신이 쓴 기사의 마지막에 무엇인가 해결되지 않은 듯한 느낌을 갖게 해서는 안 된다.

스타일

스타일에 대해 고려해야 할 사항은 두 가지 범주로 생각해 볼 수 있다. 첫번째는 당신의 개인적인 스타일이나 어조이다. 이 자질은 시간이 지나고 경험을 하면서 향상될 수 있는데, 바로 이것이 있어야만 당신의 작품에 열렬히 빠져드는 독자들을 만들 수 있다. 개인적인 스타일은 윌리엄 버클리(William Buckley)의 어휘나 빌 코스비(Bill Cosby)의 평범한 유머처럼 작가와 상당히 직접적인 관련이 있는 것으로 보인다. 비록 두 사람 모두 자신의 스타일이 극적으로 다를지라도 그들만의 독자를 확보하고 있으며, 고유한 스타일로 글을 쓸 수 있는 능력을 갖고 있다.

작가를 성장시키는 가장 중요한 것은 바로 두 번째 범주이다. 즉 당신 자신의 기사를 싣고 싶어하는 출판사의 스타일에 대한 관심을 가지는 것이다. 우리는 이미 잡지의 스타일을 연구하거나 그것과 조화를 이루는 일의 중요성을 살펴보았다. 마지막으로 잠시 복습을 하도록 하자. 특정한 잡지사에서 요구하는 스타일, 즉 길이와 어휘 수준, 문단 길이 등에 가장 적합한 완성된 작품을 점검해 보라. 이것은 구두점과 철자를 점검하는 것만큼 중요하다. 이것은 또한 당신의 개념과 그것의 전개에 호의적인 편집장이 결말을 확실하게 만들 때 커다란 도움을 줄 수 있는 영역이다. 훌륭한 편집장은 스타일과 어조 및 글의 전개에 관심을 갖고 있으며, 당신에게 조리에 알맞고 적합한 글을 요구할 것이다.

17장 성공적인 원고로 포장하라
Dressing for Success

> 사람은 외모를 보거니와 나 여호와는 중심을 보느니라.
>
> 사무엘상 16:7

신인 프리랜서 작가에게는 편집장의 사무실의 마치 밀실처럼 보일 수도 있다. 그러나 만약 다음 사실들을 상상해 본다면 좀더 현실에 다가갈 수 있고 그 사무실 안으로 더욱 가까이 갈 수 있다. 즉 타자기나 워드 프로세서나 빛 바랜 철제 책상 주위에 어지럽게 흩어져 있는 의자들, 날력과 함께 식고벽에 데이프로 붙어 놓은 조판 계획과 메모, 베니스식의 블라인드를 통해 보이는 주차장, 어수선한 책상, 그 옆에는 흘러 넘치도록 뭔가를 가득 담아 놓은 상자, 플라스틱 그릇 안의 샐러드와 머그잔의 식어 버린 커피. 사실 편집장의 사무실은 대개 프리랜서 작가의 사무실만큼이나 매력적이다.

> 패트리샤 톰킨스(Patricia Tompkins)

어떤 원고도 이미 어수선한 편집장의 삶을 더욱 어수선하게 만들어서는 안 된다.

> 캐롤 존슨(Carol Johnson)

내가 말할 때 자주 듣게 되는 세 가지 질문은 이렇다.

"제가 어떻게 제 자료를 출판사에 보내죠?"

"어떤 사람이 제 아이디어를 훔쳐 가면 그 때는 어떻게 하죠?"

"누군가가 내 이야기의 판권을 산다면 내가 다시 그것을 출판할 수 있나요?"

원고 포장하기

원고를 우편으로 보내는 것은 직장 인터뷰를 하는 것과 같다. 자신을 보다 잘 드러내고 멋지게 차려 입을수록 인터뷰로 인해 이점을 얻게 되는 가능성과 장기간의 관계를 더욱 많이 가질 수 있게 된다.

성공을 위해 원고를 손질하는 것은 다음의 사항을 포함한다.

1) 제목을 쓴 페이지와 마지막 표지를 빈 여백으로 남겨 두고 함께 묶어서 깨끗한 원고를 만들라.

2) 원고의 모든 페이지 상단에 그 기사의 제목과 당신의 이름을 반드시 써라.

3) 원고를 깨끗한 플라스틱 폴더에 넣은 후 플라스틱 핀으로 봉하라. 스테이플, 종이 클립 혹은 펀치를 사용하지 말라.

4) 플라스틱으로 묶은 원고에다 두 개의 안주머니가 있는 푸른색이나 담황색의 폴더를 속지로 넣어라. 첨부장(cover letter)과 원고를 오른쪽 주머니에 넣되 첨부장을 앞에 두어라. 사진이나 일러스트레이션은 왼쪽 주머니에 넣어야만 한다. 사진이나 일러스트레이션은 반드시 별개의 깨끗한 플라스틱으로 보호되어야 하며, 즉시 볼 수 있도록 정리되어야 한다. 각 사진 뒷면에는 당신의 이름 및 기사의 제목과 표제 자료 등을 기입하라. (각 사진에는 6하 원칙에 따라 기록하여 편집장이

어떤 것을 사용해야 할지 결정할 수 있게 하라.)

출판사가 인쇄 작업에 들어갈 때 칼라 슬라이드를 더 좋아하는지 물어 보라. 만약 이런 경우에는 각각의 칼라 슬라이드가 번호를 매긴 표제에 알맞도록 만든 후 목록도 함께 제공하라.

항상 자신의 파일에 그 기사의 깨끗한 복사본을 보관하라. 원고가 하나밖에 없는 경우에는 절대로 보내지 말라!

당신은 자신을 보호하여 사생활을 침범당하지 않도록 자신을 보호하기 위해 다음과 같은 간단한 조치를 취해야 한다. 등기우편으로 세 번째 복사본을 당신 자신에게 발송하라. 그리고 그것을 받은 후에는 뜯지 말고 봉한 채로 두라. 저작권 침해와 같은 문제가 발생한다면 봉해서 소인이 찍힌 봉투로 말미암아 저작권이 어느 시기에서부터 당신에게 속한 것인지 쉽게 확인시켜 줄 것이다.

당신은 또한 완성된 원고를 포장해서 등기 속달로 보내면서 수령 확인증을 발송해 달라고 요청하라. 이렇게 함으로써 당신의 작품이 적절한 사람에게 전달되었는지 확인해 줄 뿐만 아니라 자신의 노력을 스스로도 높이 평가하고 있다는 점을 증명할 수 있게 된다.

저작권 문제에 대해 올바로 알라

여러 해 동안 정기적으로 글을 출판하다 보면 해적판이나 표절 문제에 직면하게 된다. 그러면 경험을 통해 작가들은 안도의 한숨을 내쉬며 저작권법에 대해서 하나님께 감사하게 된다. 나도 마찬가지이다.

내가 썼던 기사는 영화 감독들과 주요한 영화 스타들 그리고 MGM/UA의 은막 뒤에서 일하던 주요 인사들과의 인터뷰가 들어 있는 정성스럽게 준비된 중요한 글이었다. 작품의 처음부터 끝까지 그것을 완성하는데 넉 달이 걸렸다. 장거리 전화통화, 여행 경비 및 중요한 시간을 투자하여 값진 프로젝트를 완수했다. 모든 경비를 제한 후 그 작업에서 얻은 이익은 거의 없었지만, 그 작업은 내게 완벽한 만족감과 함께 이루 말할 수 없는 보상을 안겨 주었다.

그 기사는 전국 주요 잡지에 실렸고, 잡지가 신문 가판대에서 불티나게 팔리자 내게 축하 전화가 쇄도했다. 세 개의 추가적인 과제들이 그 한 가지 이야기로부터 생겨났다.

네 달이 지난 후 새로운 일감이 나를 바쁘게 했다. MGM 이야기는 다른 과제와 함께 파일 속에 넣어져 거의 잊혀졌다.

공항 뉴스 게시판에 있는 타블로이드의 앞면에 내 이야기가 집중적으로 다루어졌을 때, 나는 새로 만들고 있는 〈역마차〉(Stagecoach)를 취재하러 가는 중이었다.

처음에는 그것을 믿을 수 없었다! 내 이야기가 …. 나 자신의 이야기가 …. 넉달 동안 전 인생을 투자했던 이야기가! 나의 첫 머리 기사! 많은 인터뷰로부터 정확한 어휘들을 얻어내기 위해 고전했었는데, 변화와 색다른 묘사와 … 그리고 … 그 작품에는 다른 사람의 이름이! "월터가 도대체 누군데?"

완벽할 정도의 뻔뻔스러운 도둑질은 놀랄 만했지만, 나를 머리 끝까지 화나게 한 최후의 모욕이었다. 나는 12명의 이름을 가명으로 글을 썼었는데 이번에 쓰인 이름은 그 12명에 속하지 않았다.

전화기를 급히 찾아서 브록에게 전화를 했다. 그는 우리 변호사에게 전화를 걸었다. 그 사람만이 냉정했다. 그는 전화상으로 미소를 지었다.

"너무 염려 마세요"라고 말했다. "이 사람이 은행을 턴 것이나 다름없는 도둑질을 한 것입니다. 저작권 위반은 범죄입니다. 문제없습니다. 우리가 당신의 권리를 찾아 드리겠습니다."

변호사는 약속을 지켰다. 내 작품을 훔친 출판사는 상당히 많은 돈을 내게 지불해야만 했다. 브록과 나에게는 변호사에게 소송비를 주고도 파이와 커피를 마실 정도로 충분한 돈이 남았다. 솔직히 파이와 커피 이상의 대접을 받았다고 느꼈지만, 브록이 지적했듯이 그게 중요한 것은 아니었다! 도둑은 그가 당연히 받아야만 할 대가를 받았다!

이 일로 인해 수년 동안 성실하게 써온 글에 대하여 저작권 뒤에 숨겨진 본질을 이해하게 되었다.

저작권 침해로부터 자신을 지키기

어떤 신인 작가들은 한 기사에 대한 저작권을 일일이 챙긴다는 것이 복잡한 과정이라고 생각한다. 여기에서 더 어려워질 것은 하나도 없다. 저작권법은 기사가 완성되는 순간부터 그 기사를 복제하고 팔고 시장에 내놓는 것 등에 대해 당신의 권리를 보호한다. 당신이 하려고 하는 모든 행위에는 당신의 이름과 완성된 날짜 및 저작권 어휘(혹은 저작권 상징 ⓒ)가 작품에 명시되어야만 한다(예; ⓒ 1990 by Bodie and Brock Thoene). 이 단순한 조치는 당신과 당신의 상속자들에게 평생 동안, 그리고 그 이후 50년 간 당신의 재산을 판매할 수 있는 독점권이 있다는 것을 보장해 주는 것이다.

하나의 원고나 수집된 원고 꾸러미는 워싱턴시 20559번지에 있는 국회도서관의 저작권법 등록처로부터 허가를 받음으로써 저작권 사무실에 등록될 수 있다. 이 조치는 필수적인 것은 아니지만 저작권을 침해 받은 경우에 추가적인 법적 보호를 받기 위해서이다. 예를 들어 이전의 등록되지 않은 작품에 대해 소송이 걸렸을 때 법정 비용이나 변호사비를 받을 수 없으며, 등록되지 않은 작품에 대해서는 저작권 침해의 결과에 대한 손해 배상 소송을 낼 수 없다.

어떤 경우라도 작품을 증명할 수 있는 사본을 미리 자신에게 보내어 봉한 채로 두는 것을 잊지 말고 실천하라.

제목뿐 아니라 사실과 통계의 형태로 된 아이디어 및 연구 자료들은 저작권을 가질 수 없다는 것을 기억하라. 멋진 아이디어는 도둑맞을 수도 있다. 활동적인 작가들이 출판된 작품에 대해서는 자유롭게 토의를 하지만, 고려중이거나 진행중인 작품에 관해서는 자세히 말하기를 꺼리는 이유가 바로 이것 때문임을 잊지 말라.

실제로 내가 팔 수 있는 것은 무엇인가?

잡지와 다른 정기 간행물들은 대개 우선 연재권을 산다. 이것은 첫번째로 그 기사를 발행할 권리를 갖는 것을 말하지만, 그 이상의 권리가 작가에게 있다는 것을 의미한다. 이렇게 보장된 권리에는 재인쇄에 대한 그 기사의 판권, 책 형태로 기사를 묶어서 파는 권리, 그리고 텔레비전이나 다른 각색을 위해서 그 작품을 파는 권리 등이 있다.

작가의 시각에서는 판권을 팔 때 그 권리를 제한할수록 작가에게는 훨씬 더 유리하다. 예를 들어 최초의 북미 연재권(First North American Serial Rights)을 제한하여 파는 것은 작가가 미국과 캐나다 이외의 나라들에게 자신의 직접 작품을 팔 권리를 갖게 되는 것을 말한다.

어떤 출판사는 '모든 권리'를 요구할 수도 있는데, 그것은 당신이 그 제안을 받아들인다면 기사가 어떤 식으로 배분되고 발전되는가에 대한 권리가 더 이상 당신에게 속해 있지 않음을 의미한다. 만약 당신의 기사가 잠재력을 갖고 있다고 느낀다면 저작권의 판매를 신중히 고려하라.

어떤 간행물은 문서로 계약서를 보내올 수도 있지만, 대부분의 간행물들은 작가가 수표를 현금화하는 것과 동시에 편지에 언급된 계약 조건을 인정한다는 뜻이 된다. 종종 그러한 조건이 수표 위에 작은 활자

로 명시되어 있을 수 있으므로 사인하거나 현금으로 바꾸기 전에 주의
하라.

오해 피하기

대부분의 출판사들은 작가의 권리에 관해서는 지나칠 정도로 정직
하다. 그러나 의사 소통이 제대로 안 될 경우에는 저작권 침해라는 오
해의 여지가 있을 수 있다.

이러한 문제의 대부분은 당신이 갖고 있는 판권이 무엇인지를 첨부
장에 정확하게 알림으로써, 그리고 당신의 작품을 다른 어디에 낼 수
있는 것인지를 말함으로써 오해를 피할 수 있다. 『작가의 시장』은 몇몇
출판사들이 어떤 권리로 그들이 사며, 그들이 동시 발행을 인정하는지
그렇지 않은가에 대해 말해 줄 것이다. 만약 이것이 정확하게 명시되지
않았다면 한 번 물어 보라.

18장 완벽한 출판 제안서를 만들라
Practically Perfect Book Proposals

여러 책을 짓는 것은 끝이 없다.

전도서 12:12

처녀작이 출간된 후 며칠 간 주머니에 그 책을 넣고 다니면서 행여 잉크가 번지지 않았는지 확인하기 위해 책을 자주 꺼내어 살펴보곤 했다.

제임스 베리 경(Sir James M. Barrie)

출판을 계획할 때 작가가 기억해야 할 가장 중요한 사실은 책이란 본질적으로 판매되어야 한다는 점이다. 즉 출판사는 그 원고를 살 것인지, 어떤 값에 살 것인지 결정해 주는 것이다.

빌 애들러(Bill Adler)

브록은 신앙인의 재정 관리를 다루는 책은 두 개의 범주로 나눌 수 있다고 여러 번 말했다. 즉 이미 파산해 버린 가정에 초점에 두는 책과 재테크를 하는 고소득 가정에 대한 책이다.

"80퍼센트나 되는 중산층을 위한 책은 하나도 없군." 그는 말했다. "중산층 가정들은 그럭저럭 가정 경제를 유지해 가지만, 수입을 저축하거나 은퇴 후의 계획에 대해서는 잘 모르거든."

그가 세 번씩이나 이와 같은 말을 되풀이 하자 나는 그에게 이런 제안을 했다. "그렇다면 당신이 책 하나 쓰지 그래요?" 재정에 관한 일을 9년 간 해 온 브록은 확실하게 그 주제에 대해 잘 알고 있었다. 더욱이 글 솜씨도 좋았다.

당신도 알다시피 논픽션을 쓰는 것은 얼마나 정확하게 의사 소통할 수 있는가에 대한 문제이다. 물론 지식이 중요하지만 세심한 연구로 전문 지식 허점을 채워 줄 수 있다. 하지만 무엇과도 대체할 수 없고 어떤 연구로도 제공해 주지 못하는 것은 바로 명쾌성과 읽을 만한 가치이다.

브록은 6개월 간 글을 쓰고 고치는 과정을 거듭했고, 그 결과는 가정 경제에 대해 매우 읽을 만하고 주제를 잘 잡은 『당신의 수입과 가족의 미래 보장하기』(Protecting Your Income and Your Family's Future)란 책으로 출판되었다. 이는 어떻게 논픽션을 써야 하는가에 대한 훌륭한 예이다. 즉 논픽션은 간단하지만 정확한 충고를 독자들에게 해 주되, 거기에 실제적이고 개인적인 적용이 접목되어 사실적인 이야기로써 뒷받침해 주어야 한다.

값진 책은 멋진 아이디어에서 나온다. 하지만 멋진 아이디어가 모두 책으로 되는 것은 아니다. 왜냐하면 아이디어를 책으로 내는 것보다 그 아이디어를 갖고 있는 것이 훨씬 쉽기 때문이다. 책이 될 정도의 분량으로 원고를 쓴다는 것은 그 자체로 엄청난 일이다. 당신이 책 한 권을 쓰려고 생각하고 있다면 글을 쓰기 전이나 출판사에 연락하기 전에 몇 가지 해야 할 일들이 있다.

가장 먼저 시장 조사를 하라. 당신이 쓰고자 하는 책과 동일한 주제나 관련된 주제들에 대해 최근의 책들을 조사하기 위해서이다. 이미 출판된 작품들이 있는가의 여부만 보지 말라. 왜냐하면 분명히 그러한 책들은 있을 테니까. 그러므로 당신의 작품이 시장의 어떤 틈새를 파고들 수 있는지, 지금까지 취급되지 않은 특별한 필요가 있는지를 결정하기 위해 기존의 책들을 조사하라. 당신이 찾은 책에 대해 목록을 만들고 각각의 책이 당신이 알고자 하는 필요를 왜 채워 주지 못하는지에 대한 간단한 메모를 기록해 두라. 최고의 혹은 가장 유망한 대중 작가나 작품에 대해 특별히 신경을 쓰도록 하라.

이런 조사 후에도 여전히 당신의 아이디어가 한 주제에 대해 중요한 내용을 보텔 수 있다는 생각이 들거나, 보다 낫거나, 새로운 방법으로 그 내용을 전달할 수 있다는 생각이 든다면 '필요에 대한 진술'을 써 보라. '필요에 대한 진술서'를 통해 당신의 관심사에 다른 사람들이 함께 공감할 수 있는 개념을 보충해 줄 수 있는 인용과 다른 증거를 얻도록 노력하라. 예를 들어 결혼 생활에 있어서 거의 모든 불만이 가정 경제와 관련되어 있다고 믿는 신앙인 심리학자가 쓴 간단한 글을 인용한다면 브룩의 생각을 뒷받침해 줄 수 있다.

왜 당신의 주제가 필요한지와 그 주제를 다루려고 하는지에 대한 설득력 있는 이유들을 한 페이지 정도로 요약해서 타이핑하라.

그 다음에는 장별로 내용을 요약해 두라. 여기에는 세세한 사항을 모두 적을 필요없이 그 책의 주요한 뼈대를 보여 주는 것이어야 한다. 만약 각 장의 중심 아이디어와 인용 혹은 통계에서 나온 것이라면 반드시 언급하도록 하라. 무엇보다도 당신이 생각하고 있는 아이디어에 분명한 논리적 전개가 이어진다는 사실을 출판사 측에 보여 주면서 책에 대한 합리적인 개관을 보내 주라. 당신이 다양한 관점들을 도출해 내고 그것을 해결함으로써 독자들이 동의의 몸짓을 하게 될 것이다.

각 장을 하나의 잡지 기사로 간주하라. 당신의 독자가 앉은 자리에서 한 장을 다 읽을 수 있으며, 그 장의 중심 아이디어를 파악하고 실제적인 적용을 할 수 있어야 한다. 이야기와 실례를 통해 보는 것은 말하는 것보다 훨씬 효과적이다. 독자가 질문에 답할 수 있도록 글을 써라. 또한 강의보다는 실제 연습이 낫다. 간략하고 단순하게 만들라.

견본 원고 반드시 작품의 첫 장으로 할 필요는 없지만, 당신의 주제와 스타일 및 방법 등을 가장 잘 보여 주는 장을 선택해야 한다.

당신이 한 출판사에 원고를 보내기 위해 준비할 때는 견본 장과 그 장의 개요 및 필요에 대한 진술서 그리고 시장 조사 등을 함께 동봉하라. 또한 계획한 책을 쓰기 위해 준비해 온 배경과 교육 등을 강조하면서 간단한 이력서를 첨부하라. 주제의 중요성과 시의 적절성 그리고 그 특정 출판사에 보내야만 하는 이유 등을 담은 열정적인 첨부장도 꼭 동봉하라. 당신이 계획하는 책이 꼭 그 출판사에서 간행되기를 바란다고 하는 의지를 보여 주라.

한 번의 기회로 깊은 첫인상을 심어 줄 수 있음을 기억하라. 그렇기 때문에 개요가 깔끔하고 매력적이어야 한다는 사실도 잊지 말라. 미리 편집장의 이름을 알아 두고 그(그녀)가 당신의 출판 계획에 직접적으로 관심을 갖도록 준비하라. 반송용 봉투와 함께 등기 우편으로 그 제안서를 보내라.

만약 운 좋게도 한 개 이상의 출판사로부터 작품에 대한 호의적인 반응을 얻게 된다면 선인세 이외에 몇 가지 요소들을 고려해 보라. 어떻게 당신의 책이 배포될까? (그것은 출판사가 당신의 책을 팔고 책방으로 보내는 방법을 말한다.) 광고 예산은 있는가? 출판사가 적극적으로 당신의 책을 선전할 것인가?

　마지막으로 기다릴 준비를 하라. 『작가의 시장』은 한 권의 책 원고를 검토하는 과정은 최소한 1개월에서 3개월이 걸린다고 말한다. 사실 출판 과정은 개념 잡기에서부터 출판될 때까지 1~2년이 걸린다고 볼 수 있다. 그러므로 낙담하지 말라! 낙관적이고 열정적인 마음을 가지라!

19장 성공적인 글쓰기팀
Thoene and Thoene

여호와를 의뢰하여 선을 행하라 땅에 거하여 그의 성실로 식물을 삼을 지어다 또 여호와를 기뻐하라 저가 네 마음의 소원을 이루어 주시리로 다.

시편 37:3-4

우리가 훌륭한 책에 대해 탄복하는 것은 언뜻 보기에는 쉽지만 실제로 는 어려움이 있기 때문이다.

찰스 칼렙 콜튼(Charles Caleb Colton)

당신은 이 책의 겉장에 두 명의 작가 이름이 쓰여 있는 것을 눈치챘을 것이다. 브록 토엔과 버디 토엔. 남편과 아내가 합작해서 글을 쓴 것이다. 토엔과 토엔은 바로 우리를 말한다.

당신은 또한 이 책의 처음 몇 장은 1인칭으로 기술되어 있다는 것도 눈치챘을 것이다. 그것은 버디 토엔이 썼다. 그녀는 재미있는 자료들을 가지고 책을 썼다. 이어지는 여러 장에 있는 기술적인 내용—그것은 상당히 중요한 자료들인데—은 브록이 썼고, 문단과 개념이 서로 상이하게 되어 얽혀 버린 것은 버디가 보충해서 고쳤다.

지금까지 써 놓은 작품뿐만 아니라 작품을 어떻게 써왔느냐에 대해서도 모두에게는 상당히 놀라운 것이다. 그 이후에 더욱 그랬지만….

당신은 "한 주제에 대해 두 작가가 글을 썼다면 왜 '나' 대신에 '우리' 라고 복수 인칭을 사용하지 않았는가?'라고 질문할 수도 있다. 좋은 질문이다. 거기에 대해서는 간단하게 답할 수 있다.

잠시 동안 당신이 고대 여왕의 왕실로 들어가는 것을 상상해 보라. 주름지고 쭈굴쭈굴한 여왕은 보좌에 앉아서 당신이 그녀에게로 다가갈 때 코안경으로 당신을 노려보고 있다. 그녀의 입은 냉소로 일그러져 있다. 당신은 왜 그녀가 그런 표정을 짓는지 잘 알지 못한다. 그래서 그녀 앞으로 가서 절을 한다.

"평안하신지요, 여왕 폐하."

그녀의 찌푸린 얼굴은 더욱 일그러진다. "그대는 우리에게 말하고 있는가?' 그녀는 몹시 찢어지는 목소리로 물어 본다.

그 옥좌에는 오직 한 명의 여성만이 앉아 있기 때문에 당신은 그녀가 정신분열증이 있는지 의심해 볼 수 있다.

"아뢰올 말씀이 있습니다."

"우리는 그대와 같은 사람에게는 아무것도 듣지 않을 것이다." 그녀는 오만하게 대답한다.

"그래서는 아뢰옵니다. 저는 저이고 폐하는 폐하이십니다. 어떤 누군가가 폐하가 저라고 생각한다면 끔찍한 일일 뿐이옵니다."

그녀는 놀라서 눈을 깜박거린다. 당신은 자신이 그녀를 이해시키고 있다고 생각한다.

그녀는 다시 한 번 말한다. "우리 왕실로 어떻게 들어왔느냐?" 그 방에는 여전히 아무도 없다. 그래서 당신은 "이 방이 다른 누구의 방이옵니까?"라고 물어 본다.

"절대로 아니다! 이것은 우리의 왕실이야! 여왕인 나 외에는 어떤 누구도 이 방을 차지할 수 없지! 그대는 즉시 우리 앞에서 떠나시오!" 그녀는 화가 나서 얼굴이 붉어졌다. 그녀가 발작을 일으키는 것처럼 보였다.

"괜찮으신지요? 두 분을 위해 의사를 불러도 괜찮으신지요?"

"우리 앞에서 당장 사라지시오!" 그녀는 소리쳤다. "호위병! 우리의 왕실에서 이 사람을 당장 없애 버려라!"

상상이 가는가? 팀을 이루어 글을 쓰는 과정에서 위의 이야기처럼 서로 간에 이해가 부족하다면 '우리 부부'는 독자에게 불안감과 심지어 혼란으로 멋진(royal) 고통만 안겨 줄 뿐이다.

한편 우리가 '보디는 이 부분을 말했고 브룩은 저 부분을 말했다'면서 글을 쓴다면 작가가 작가에게 하나 하나씩 연이어 이야기하는 개인적인 감각의 차이가 뒤섞일 수도 있다.

어떤 기사들은 '우리 부부'라는 말을 사용한다. 예를 들어 당신과 당신의 배우자가 다락방을 새롭게 고치는 방법에 관해 글을 쓸 때이다. 그렇지만 대체로 당신이 친근하고 쉽게 또한 1인칭 시점에서 글을 쓰려고 한다면 당신과 동료 작가는 단수형 '나'를 사용하길 원할 것이다.

브록과 나는 결혼한 처음 몇 달만 각자 일했을 뿐, 그 이후로는 함께 일을 하고 있다.

구성과 조사 및 연구는 그가 책임을 지는 주요 분야이다. 내가 어휘에 매달려 있을 때 그는 줄거리의 구조를 세운다. 매일 내가 글을 쓰기 전에 우리는 연구 자료와 인물의 성격 및 모든 작은 섹션의 목표들을 꼼꼼히 챙긴다. 내가 글을 쓸 때 브록은 자료들을 읽어 주면서 즉각 피드백을 제공하고, 어휘와 감정의 흐름이 적절한 방향으로 갈 수 있도록 지도해 준다. 한 원고가 완성될 때 브록은 나보다 더 많은 페이지를 읽는 셈이 된다. 여하튼 그것은 엄청난 작업으로 보인다.

우리의 〈시온 시리즈〉와 〈시에라의 대하소설〉이 성공하게 된 것은 하나님께서 완전히 극단적인 성격을 가진 두 사람을 택하셔서 그들로 팀을 이루어 일하게 하셨기 때문이라고 생각한다. 여러분이 우리를 어린아이로 알고 있었다면 당신은 그것을 기적이라고 부를 수도 있다.

브록과 나는 세 살 이후로 서로를 잘 알고 있었다. 아마도 그보다 오래 되었을 수도 있지만, 우리가 기억할 수 있는 나이는 바로 그 때이다. 우리는 결코 싸운 적이 없었다. 그는 그저 그런 외모를 가졌지만 지적이었다. 언제나 우수 장학생이었다. 나는 우리 반에서 공부를 제일 못하는 학생이었다. 그리고 당신도 이미 나의 성적에 대해서는 잘 알고 있다.

브록과 내가 수업 시간에 손을 들었을 때 나는 여자 친구에게 그를 가리켜 '브리태니커 백과사전' 이라고 불렀고, 이후에는 "브로캐니커" (Brockanica; 그의 이름을 따서 한 말)라고 불렀다.

그는 내가 수업 시간에 큰 소리로 말할 때마다 늘 교실 구석에 앉아 있었던 것이 기억난다. 슬프지만 사실이다.

내가 글쓰기를 배우는 동안에 브록은 광대한 양의 정보를 조사하고 모으고 구성하는 법을 배우고 있었다. 내가 잘할 수 없었던 것을 그는 세심하고 신중하게 해냈다. 그가 할 수 없었던 일은…아마도 팽이 돌리기였는데, 오히려 나는 꽤 잘했다. 나는 '열등반에서 가장 창의적인 변명을 하는 소녀'로 유명했다. (브록은 수업을 빼먹어도 단지 선생님께 요청서를 제출하면 인정되었다.)

고등학교 상급생이었을 때 나는 그가 잘생긴 것에 주목하게 되었고, 그가 우연히 빨강 머리 소녀들을 무척 좋아한다는 사실을 알게 된 후 함께 데이트를 하기 시작했다. 갑자기 우리는 서로를 좋아하고 있다는 것을 알았다! 그는 어떤 것에 대해서도 말할 수 있었다. 그와 데이트하는 동안에는 그에게서 시골 청년 같은 친근감을 느꼈다. 함께 정치적 토론을 할 때는 내가 그와 공통적인 의견을 지니고 있다는 사실도 발견했다. (그 때는 바로 베트남 전쟁 시기였고, 우리는 여기저기 돌아다녔다.)

아버지는 브록을 좋아하셨다. 엄마는 신앙인이 되셨고 내가 아주 멋진 사람과 결혼하도록 기도하기 시작하셨다! 2년 후 샌프란시스코에서 반전 시위가 끝나고 우리는 결혼했다.

나는 타자기를 챙겨서 텍사스의 와코에 있는 베일러 대학교(Baylor University)로 이사를 갔다. 거기서 우리의 동역자 의식은 시작되었다.

베일리 대학교는 로버트 브라우닝과 엘리자베스 베럿 브라우닝이라는 유명한 부부 작가가 쓴 원본 전집을 제대로 소장하고 있는 최고의 도서관이 있었다. 그들은 '제가 그대를 얼마나 사랑하는지요? (How do I love Thee?)라는 유명한 시를 쓰기도 했다. 도서관에는 그들의 손을 본뜬 청동이 있다. 로버트의 손은 크고 강하다. 엘리자베스의 손은 작고 섬세하다. 그들의 사랑을 말해 주는 그 손 앞에 서서 남편은 내 손을 잡고 말했다. "생각해 봐. 그들이 평생 동안 함께 일해 온 것을. 그들은 함께 일했고 서로를 사랑했어. 우리도 그렇게 할 수 있어. 그들이 한 것처럼 말이야."

하나님께서는 그 때 우리가 마음의 소망을 속삭인 것을 들으셨다. 서로 상반된 개성을 지닌 우리들이 함께 일하는 것은 쉽지 않지만, 그 결과는 대단히 즐거운 것이었다! 모든 경우에 있어서 글쓰는 짐은 반으로 나누어진다. (물론 거기에는 훌륭한 개인적인 유익도 있다. 그러나 이 책은 그에 관한 것은 아니다.)

성공적인 글쓰기팀

하나님께서 동료 작가와 함께 글을 쓰도록 당신을 이끄신다고 느낀다면 토엔과 토엔에게서 배울 수 있는 몇 가지 지침이 아래에 있다.

1) 함께 일할 사람을 위해 기도하는 시간을 가지라.

2) 책임감을 나누라. 한 사람이 많은 장을 쓴다면 다른 사람은 그 주제의 다른 면을 볼 수 있다. 한 사람이 연구를 하면 다른 사람은 글을 쓴다.

3) 오직 팀의 한 사람만 편집장에게 말하고 문의 편지를 작성하라.

4) 파트너의 일을 칭찬하는 건설적인 방법을 찾으라. 비판할 일이 있다면 그에게 불평하지 말라. 오히려 그 일을 개선할 수 있는 것이 무엇인지에 대해 부드럽게 제안하라.

5) 당신이 동의하지 못하는 부분에 대해서는 공공 장소에서 점심이나 저녁 식사를 하면서 대화를 하라. 그래야 당신이 화가 나서 동료 작가의 코를 세게 때리거나 타자기를 그에게 던지는 일이 없을 테니까.

6) 웃는 법을 배우라.

7) 양보하는 법을 배우라. 동료 작가가 글 쓰는 일에 대해 알려 주는 다양한 관점이 당신에게 필요하다는 것을 기억하라.

당신의 동역자 의식

동료 작가를 원하든 아니든간에 당신은 모든 파트너들 중에서 최고의 파트너를 갖고 있다. 그분은 절대로 나쁜 충고를 하지 않으며, 항상 책임을 다하시는 분이다. 그분은 당신에게 영감을 제공하고, 당신은 그분에게 노력을 제공한다.

글쓰기로 예수님을 섬길 때 그분은 당신이 훌륭하게 그 일을 해내길 원하시며, 당신의 기술을 향상시키고 증명할 수 있는 모든 경험과 기회를 제공해 주실 것이다.

브록과 내가 항상 의지하는 약속은 시편 37편 3-4절의 말씀이다. "여호와를 의뢰하여 선을 행하라. 땅에 거하여 그의 성실로 식물을 삼을지어다. 또 여호와를 기뻐하라. 저가 네 마음의 소원을 이루어 주시리로다."

"이 말씀이 무슨 뜻인가?" 당신은 이렇게 질문할 수도 있다. "이것이 출판을 위한 글쓰기에 대한 전부란 말인가?"

그렇다. 바로 이것이다. 이 말씀을 요약해 보면 출판을 위한 글쓰기에 대한 신비는 다음의 사실로 결론이 난다.

여호와를 의뢰하라.

선을 행하라.

선을 행한다는 것은 이 책과 같은 작은 책에서 발견할 수 있는 가장 기본적인 원리들을 배우는 것이다. 이런 것들은 당신이 원하는 대로 글을 쓸 수 있는 역량을 키워 주는 중요한 수단이 될 것이다. (아마 베스트셀러를 쓸 수 있는 가장 최선의 방법일 수도.)

선을 행하라.

부록
Appendix

전문적인 프리랜서의 점검표

1) 가장 먼저 갖춰야 할 책의 목록은 『작가의 시장』이다! 이 책은 최신호이어야 하며, 당신이 자료를 찾아볼 수 있는 가장 값지고 정확한 책이다.

2) 당신의 글이 실리길 원하는 모든 출판물은 거의 대부분 『작가 지침서』(Writer's Guidelines)라는 책에 잘 정리된 목록으로 실려 있다. 잡지사에 자신의 주소를 쓰고 우표를 붙인 봉투를 보내어 이러한 지침서를 요청하라. 이 지침서는 편집상의 요구 사항을 요약한 것이며, 출판사의 필요를 가장 잘 말해 준다.

3) 전문가로 보이도록 하는 것은 아무리 강조해도 지나치지 않다! 편집장에게 문의 편지와 첨부장을 쓸 때 자신이 만든 편지지를 사용하는 것을 잊지 말라! 작품 기록과 출판 경력 및 전문 작가 협회의 로고(혹은 記章) 등은 어디에서든지 당신의 신용을 말해 주는 근거가 된다.

4) 출판사에 기사 하나를 보낼 때 형식을 잘 갖추어 보내는 것은 전

문 작가임을 말해 주는 증거가 될 수 있다. 대부분의 작가들은 미리 나누어 주는 보도 자료 폴더로 자료들을 보낸다. 미리 간략하게 적혀진 자료를 담은 폴더는 두 개의 속주머니가 있는 폴더이다. 한 면에는 사진을 다른 면에는 이야기를 보관한다. 당신의 기사를 보낼 때는 그것을 우편 봉투에서 꺼낼 때 주게 될 첫인상에 대해 신중하게 생각해 보라. 사진들이 편집장의 책상 위로 흩어질 것인가? 기사의 페이지가 엉성하고 쉽게 손실되거나 뒤섞이게 되지 않을까?

5) 당신의 이야기를 폴더에 넣어라. 두 개의 아이템은 당신의 존재에 대해 편집장들이 기억하는 데 도움을 줄 것이다. 한 장의 짧은 이력서는 당신이 신중한 전문가라는 사실을 증명해 주기에 충분하다! 당신의 경력 카드는 나중에 참조할 파일에 보관될 수 있다.

이력서

이름:

학력:

출판 경험:

전문가 협회 소속 여부:

가족/관심 분야:

이야기 아이디어를 가지고 편집장과 대화하기

출판사(잡지사명):

편집장 성명:

전화번호:

주소:

기사당 어휘수:

한 호당 채택되는 프리랜스 기사 수:

전체 기사 수:

주제(이야기의 스타일을 명시하라. 인터뷰, 관심도나 확실한 머릿기사 뉴스인가 혹은 부드러운 머릿기사 뉴스인가?):

보수:

사용되지 않은 원고에 지불되는 원고료:

나의 이야기 아이디어들:

①

②

③

이야기 아이디어에 대해 편집장과 대화할 때

기억해야 할 중요한 충고!

1) 편집장들도 당신과 같은 사람이다! 당신은 편집부가 훌륭한 아이디어에 대해 갈급해 할 때에 맞춰서 전화를 할 수 있다! 긴장을 풀고 다음을 기억하라. 즉 당신이 그들을 필요로 하는 만큼 그들도 몹시 당신을 필요로 한다. 진절하고 확신감 있게 내하도록 하라.

2) 당신이 전화한 그 출판사에 대해 잘 알고 있다는 확신감을 심어주어라. 그 잡지사 혹은 출판사에서 발행한 지난 호의 책을 서너 권 읽고 그것에 대한 논평을 준비하고, 가능하다면 내용이나 형식과 같은 것들에 대해 칭찬을 아끼지 말라.

3) 『작가의 시장』에서 편집장의 이름을 찾아서 확인한 후, 그 편집장이 여전히 그 출판사에서 일하고 있는가를 확인할 수 있는 가장 최근호의 발행인란을 확인해 보라.

4) 당신이 전화할 때 출판사의 비서가 당신을 편집장이 아닌 부편집장이나 편집인들 중의 한 명에게 연결해 줄 수도 있다. 만약 이런 경우가 발생한다면 친절하게 대하고 그 사람의 이름도 받아 적어 두라! 바로 그 사람이 뒤에 편집장이 될 수 있기 때문이다. 오늘날의 부편집장이나 편집인 비서는 내일의 경영 편집장이 될 수 있다는 것을 명심하라!

5) 당신의 이야기 아이디어를 말할 때는 열정을 가지고 하라! 편집장이 그 주제에 대해 관심을 갖도록 흥미를 돋우어 주라!

6) 편집장이 단순히 그 주제에 관심이 없다고 한다면 언제든지 당신이 제안할 수 있는 다른 주제를 준비하여 대처하도록 하라.

적절한 질문으로 대화하기

7) 처음 그 출판사에 연락을 하여 편집장과 대화를 할 경우에는 항상 당신이 갖고 있는 기사에 대해 '검토용으로' 봐 줄 것을 제안해 보라. 이것은 그들이 의무감을 가지고 당신의 기사를 싣지 않아도 되는 것을 의미한다. 하지만 이것은 또한 전문 작가로서 당신을 바라보게 하는 기회가 된다.

만약 편집장이 당신의 글에 대해 '검토해' 보자고 한다면, 그것을 쓰게 된 창의적인 과정에 대해서 그들에게 몇 가지 질문을 할 수 있다.

① "저는 지난 호에 실린 _____의 기사에 대해 인터뷰나 유사한 내용의 글을 생각하고 있습니다. 혹시 그 기사를 더욱 심도 있게 다루고 싶지 않으세요? 그렇지 않으면 다르게 접근해 보는 것은 어떠세요?"

② "_____ 기사에서는 두 가지 컬러 사진과 세 가지의 흑백을 사용하셨던 것으로 알고 있는데, 그 기사를 제가 칼라 사진의 슬

라이드로 다시 내 볼까요?'

    당신은 요점을 알고 있다. 이전의 출판물에 실린 기사들과 관련 있는 재치 있는 질문들의 목록을 만들어 반드시 편집장을 관련시키도록 하라!